博客思出版社

當代詩大系 11

芳晴集

汪洪生 著

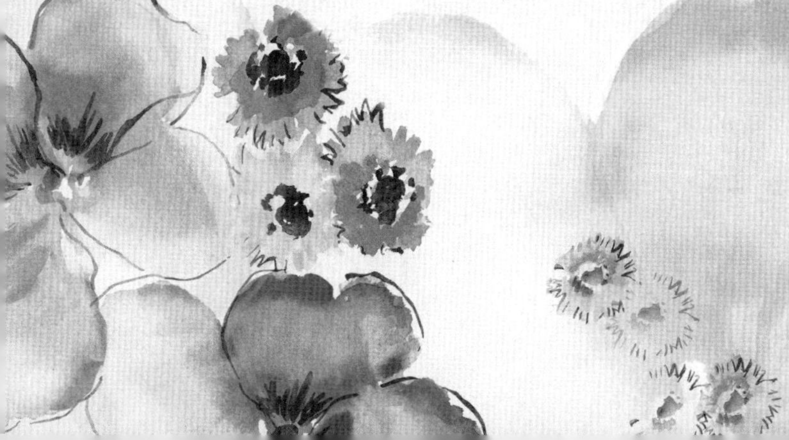

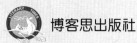

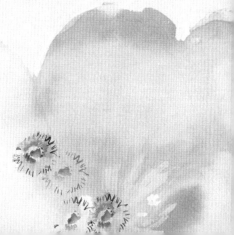

目錄

第三部　隨筆

以文學之力，推文化進步

文／汪洪生

文化之發展，自有其特長，亦有其偏頗之所在。東方文化作為月亮型文化，偏於陰柔，乃先天之不足；其愈發展，則愈向著更陰柔的方向滑去；西方文化作為太陽型文化，長於陽剛，其愈發展，則愈向狂躁之方向和地步演進；解決這一問題之怪圈，不惟東西方文化與文明相互學習，互補互益，趨於共濟，更應而且必須打開眼光，明察且明瞭我們人類目前所持有的地球文明，乃太陽系內的文明，受太陽系陰陽法則的必然制約與制衡。人類文明的發展方向和必然出路，在於衝出太陽系的束縛，進入銀河系宇天文明的大家庭。一方面我們人類文明必須徹底整合，形成一致對外的拳頭產品；另一方面人類文明必須迅捷升級，打破物質與精神之間的二元對立，沖決唯物主義與唯心主義的人為分野。目前，我們的地球村危機重重，不僅人與自然環境之間的矛盾愈演愈烈，而且人與人之間人為地劃分為不同的國家和利益集團，相互對立，相互牽制，並且長時間地籠罩在核戰爭的陰影之下。人的異化，乃至道德的敗壞，同性戀的錯位和氾濫，皆是地球文明內在固有之弊端及陰陽失調所致，必須堅決下大力氣以糾正之。余雖不敏，以思想者自許，以狂放者自居，所思所想於拙著《芳晴集》中有所體現矣。

《芳晴集》與博客思出版社先前出版的拙作《華滋集》與《青葭集》是為姐妹

篇；《華滋集》著重「論道」，《青葭集》討論「宗教合一」，《芳晴集》探索「新文明形態」；各書自成體系，內容無有重複，連繫起來通讀，讀者可瞭解作者之用意及用心之良苦矣。

余年屆半百，已著有詩文計一百多萬字，除已出版的《華滋集》與《青葭集》及此次出版之《芳晴集》外，今後仍將擇優出版一系列的詩文選集，以餉讀者；敬請廣大讀者朋友們持續關注，並不吝批評指正。時正孟秋，暴雨清降，華燈初上，爽風宜人，清坐抒筆，聊作序言，簡潔為貴，不復贅語。

二零一五年初秋序於江蘇省之濱海縣

第一部　詩歌

第一卷《青蒼集》

序言

我不是一個詩人，只是一個情感豐沛而細膩的人，一個努力追求並在生活中實踐著真善美的人，激情所至，有所感而不能不寫下來。所謂歌詠情，詩言志，文載道，如斯而已，未可言他。詩以高潔取勝，追逐名利的人寫不出好詩。

詩以意境勝，以情感勝，以韻味勝；所謂詩有餘香，即此意也。詩是流淌出來的，是迸湧出來的，不是寫出來的。詩是靈光的閃現，是人心靈的一面鏡子，是思想、語言及情感的精靈和珍珠，其間承載著智慧。文貴簡約，詩亦如此。詩亦有氣，務求貫通，一氣吞吐，譬若行雲流水，滯則有病。詩以宜歌詠及能歌唱者為佳，尤以空靈者為上。

多言數窮，未若守中；詩如其人，還是讓作品說話吧。

夜來相思不成眠

夜來相思不成眠，訴盡牽掛意。
終成詩篇也難寫，一片思念意。
人生自古苦暫短，知音共誰鳴？
大千世界紛萬象，殊途願同歸。
莫道萬里難相逢，緣分在其中。
今生誰共舞東風？笑指川蜀中。
蜀道終然存艱險，奮力能過關。
待登天梯回頭看，原也不算難。
愛情原是稀罕事，惟有兩心知。
冤家路窄狹路逢，難分彼與此。
願展春風萬里意，付與汝心知。
人生難得對明月，千里共嬋娟。
夜深人靜萬物眠，獨自對本心。
願寄東風傳萬里，一片相思情。

夜深莫道應消沉

夜深莫道應消沉，星光灑征程。
淡泊人生且從容，紅日正東升。
回首平生堪驚嗟，風雨滿征程。
激情歲月如川逝，苦無同路人。
展望前路吾多慮，倩誰伴征程？
一任舒卷是年輪，紅塵息紛紛。
隨意揮灑是人生，恩怨誰細論？
翻卷自如有雲層，學做有緣人。

詩篇憑誰裁

詩篇憑誰裁？化作相思淚。
苦無傳音者，孤壁獨自對。
佳人隔千里，思念何曾睡。
起坐但彷徨，惟垂相思淚。
淚也不成淚，心兒自沉迷。
誰憐苦戀者，此夜未成睡。
睡也難入睡，不睡又強睡。
未覺東方白，鳥語使心碎。

憑欄但覺瀟瀟雨

憑欄但覺瀟瀟雨，滿目蒼涼色。
雖是四月芳菲季，殘春也羞澀。
對春何不覺歡欣？心境頗吝嗇。
人生百感正交集，一時也語塞。

瀟瀟暮雨灑江天

瀟瀟暮雨灑江天，心態百感集。
世事蒼茫空有恨，身心誰關切？
人生好似風波裡，舊影今難覓。
一任風雨伴晨昏，且放讀書聲。

碧波蕩漾是綠水

碧波蕩漾是綠水，清風涼意生。
散步但覺清心塵，笑對白雲生。
桃紅柳綠誰解盡？心態宜青春。
最喜池中睡蓮開，嬌美自天成。

第二卷《雲帆集》

序　言

以雲為帆，是我的人生宣言；以雲為帆，何等地浪漫；以雲為帆，彰顯我浪漫主義的創作原則；以雲為帆，是幸福人生的最高境界和內涵。以雲為帆，向著理想的境界高翔；親愛的讀者和朋友，請與我一起以雲為帆吧！

這裡記錄的是思想的點滴、靈光的閃現、一時的遐思、偶然的所得，願與你，我親愛的讀者和朋友共享，請與我一起，來作一次愉快的激情和思想的詩歌之旅吧，看看你能有什麼收穫、體會、心得和感想。祝你旅途愉快！

曾記前年菊花黄

曾記前年菊花黄，心態初更張。
少年心跡憶不得，尋看舊詩章。
歲月如歌似川忙，華髮今初霜。
回首人生是難講，話起也悲傷。
心境何許太淒涼，需要往前望。
彩霞滿天正飛紅，山外蒼更蒼。
鼓勇我且往前方，負重向前闖。
萬里長征迎頭上，人生是戰場。

今宵激情燃燒

今宵激情燃燒，賦詩曲調聲高。
從來多少滄桑，此際夕陽紅燒。
來路煙水蒼茫，歸程風雨遙飄。
人生無限感慨，一如天起狂飆。
心靜未起波瀾，淡處且學遙逍。
求取白鶴雙翅，放飛激情去找。
高歌曲調正好，聲色慨慷奇妙。
打動心靈無數，一起和唱聲高。
但願歌聲不斷，永遠保持才好。
人生太多煩惱，最好全能拋掉。
願起天地狂飆，枯枝落葉盡掃。
創造新的世界，永遠無憂無惱。

進入靈性空間

進入靈性空間，展開翅膀飛翔。
無論多少夢想，全能奇妙釋放。
宇宙自由飛翔，心靈直來直往。
求取正道剛強，真是無盡寶藏。
展開翅膀飛翔，自由多麼奔放。
人生歷來苦楚，從此無處安放。
展開翅膀飛翔，天空多麼明朗。
從此永不沉淪，在天永遠歌唱。

何懼亂雲飛渡

何懼亂雲飛渡，不怕雜草叢生。
天地從來有正氣，踏遍莽蒼層層。
漸行漸遠更深，更加深入層層。
妙道應用正無窮，心思共誰細論？

透過人事擾擾

透過人事擾擾，發現澄清妙道。
天地宇宙有奧妙，天父永在創造。
減去紅塵紛擾，不使心境動搖。
淡泊之間有機竅，但憑清心去找。

我要高歌猛唱（之一）

我要高歌猛唱，我要高歌猛唱。
激發生命熱情，譜寫新的華章。
我要高歌猛唱，我要高歌猛唱。
青春意氣風發，鬥志激越昂揚。
我要高歌猛唱，我要高歌猛唱。
煥發心的奔放，掛起雲帆遠航。

我要高歌猛唱（之二）

我要高歌猛唱，我要高歌猛唱。
多少生命滄桑，盡付煙雨斜陽。
我要高歌猛唱，我要高歌猛唱。
衝決一切羅網，煥發生命剛強。
我要高歌猛唱，我要高歌猛唱。
猶如天風浩蕩，吹向心靈之間。
我要高歌猛唱，我要高歌猛唱。
歌聲激越清亮，放達五湖三江。
我要高歌猛唱，我要高歌猛唱。
一切苦惱憂傷，徹底完全遺忘。
我要高歌猛唱，我要高歌猛唱。
煥發青春力量，飛向心的天堂。
我要高歌猛唱，我要高歌猛唱。
人生儘管短暫，但求心靈舒暢。
我要高歌猛唱，我要高歌猛唱。
一生一世不停，讚美神的力量。

論詩

詩人氣質不一，作詩未可一律。
根據自己體性，但求心情真切。
豪放委婉並立，真情實感要藉。
最忌強求做詩，所得不忍目及。
務求氣機流轉，一氣吞吐清越。
高亢低沉隨意，任君運用參閱。
詩道直通天道，學問奧妙無極。
願與同道切磋，共同學習體歷。

無數奇思妙想

無數奇思妙想，紛至沓來彰揚。
猶似蝴蝶飛舞，花開朵朵安祥。
心靈心境打點，無使污染穢髒。
須學白雲模樣，天上自由飛翔。
我願與君同勉，共同飛向太陽。
人生只是苦旅，幸福是在天堂。

憑誰慢慢講

憑誰慢慢講，共誰細細論？
煙水迷離有精神，誰能識其真？
千變又萬化，萬變不離宗。
宇宙亙古奧秘在，只有用心裁。
裁也終須裁，不裁也得裁。
人生活在現當在，身心須安排。
天父巧安排，奧妙誰能解？
世界滄桑雖更改，天道永存在。

一點靈明自然具

一點靈明自然具，身心妥安排。
世界滄桑任更改，真道永不改。
天人合一是古訓，幾人能理解？
俗儒庸才亂講解，害人頗厲害。
妙悟心田真靈台，通俗來講解。
不使心靈生塵埃，天窗自然開。
雖是小小開，洞明真理在。
猶若螢蟲火，照徹三更來。
由小而擴大，善用因由之。
縱深多發掘，悟出生死智。
智也不算智，慧又如何慧。
天地靈妙深又邃，切莫淺味回。
求道終身勤，真知一生裁。
宇宙道理深似海，焉能易講解。
但與有緣人，付汝細分解。
時空處處真知在，惟汝解不解。

我的心

我的心似白雲，透著寧靜。
我的心是霞彩，閃著多情。
我的心似天空，飄逸無形。
我的心是流水，至潔至清。
我的心似清風，和煦溫馨。
我的心是長虹，七彩心靈。
我的心似星星，眨著眼睛。
我的心是明月，潔白純淨。
我的心似太陽，光芒熱情。
我的心是鏡子，顯照性靈。
我的心似高山，巍巍群嶺。
我的心是大海，包容人情。
我的心似精靈，透視人心。
我的心是純淨，無跡無形。

我的心似細雨，沁潤人心。
我的心是雷電，喚醒心靈。
我的心似烈火，點燃激情。
我的心是山泉，灌人性靈。
我的心似四季，周轉流行。
我的心是生命，永遠運行。
我的心似雲燕，飛掠輕盈。
我的心是大雁，雲天高心。
我的心似你心，透著關心。
我的心是人心，正義心靈。

第三卷《鼓浪集》

序　言

人生譬若逆水行舟，故當鼓勇而行，揚起生命的激流和浪花，在浩瀚的大海上，奮力地前行。願與你一起，我親愛的讀者和朋友，手挽著手，肩並著肩，共同在大海裡遨遊，向著既定的生命的目標，奮勇地前行！鼓浪而行，是我們生命的宣言；鼓浪而行，是我們生命中應取和必取的態度和旅程；親愛的讀者和朋友，就讓我們一起鼓浪而行吧！朵朵飛濺的浪花，該是我們生命的歡歌與禮贊，是我們生命的精彩和浪漫，是我們激情的所鍾與寫照，也是生命的象徵與意義之所在。

鼓浪而行，並不容易；順水時好行，逆流時難進；人生在世，至多順三而有逆七，甚而順一而逆九；欲鼓浪而行，必先鼓勇而進，無論順境逆境，都必須堅韌沉穩，奮力向前，俟以時日，始可有成。故鼓浪之意，未可輕言，書於此，以餉同道。然人生必當鼓勇且鼓浪向前，此使命與義務使然；既然如此，就讓我們一起，揚起生命和人生的風帆，向著既定而高遠的生命的理想和目標，鼓浪且鼓勇而行吧！

為什麼我如此愁悶

為什麼我如此愁悶？
為什麼我如此消沉？
為什麼我如此傷春？
為什麼我如此低聲？
就讓激情迸發似潮聲！
就讓憤怒炸響在圍城！
就讓旋律流淌出真誠！
就讓淚水快意而奔騰！
生命不過是春水一灣，
冰凍中展現出純真。
人生不過是雨中飛燕，
驚惶中表現出沉穩。
詩歌是生命的調料，
幻化出人生的真醇。
寫下了這樣的詩句，
依然是心悶而消沉。

我為什麼要如此多情

我為什麼要如此多情？
默默心痛付與誰聆聽？
我為什麼要如此多情？
何不順從命運之飄零？
我為什麼要如此多情？
黑夜漫漫獨數彼繁星。
我為什麼要如此多情？
秋風秋雨恰似我心境。

午後寫詩正當時

午後寫詩正當時，暢想歲月千古詩。
流水緩緩穿行過，歷史滄桑待君知。
幾度夕陽知秋雨，數聲鳥鳴噪秋時。
一篇書罷頭飛雪，榮辱得失悔知遲。
由來人生渾是夢，幾人清醒幾人癡？
寫詩於此待君看，應解人生是首詩。
善守正道求福壽，君子固貧守天時。
得失常常非人力，清貧福來是天機。
勸君慎守正善道，康樂達觀正其宜。
得休休處且休休，平時不妨多吟詩。
人生百年穿梭度，千古興亡付唱詞。

天高雲飛淡

天高雲飛淡，晨光真好看。
松柏依然翠，法桐滿身斑。
玉蘭身姿好，垂柳籠煙淡。
香樟頗婀娜，翠竹水邊安。
紅蕉開得豔，黃蕉花枝燦。
曲徑通幽處，鳥語花香翻。
跨過小橋去，靜水起微瀾。
綠藻浮塘上，水榭倒影曼。
日出吐金丸，萬姓抬頭觀。
時當太平世，敬祝黎民安。

秋窗風雨未能生

秋窗風雨未能生，月黑無星辰。
散步歸來近二更，遍地霓虹逞。
假寐片刻忽驚醒，寫詩初點燈。
耳畔車喧仍成陣，細心辨蟲聲。
今夜心境頗安分，靜寂對喧騰。
灑掃未許生心塵，應許智生成。
人生智慧知多少，知識有幾分？
由來實踐真知成，歲月更添深。
吾今不惑感道深，愧無學問成。
時時加倍深用功，希冀擁書城。
坐擁書城復何益？關鍵在成人。
知識貴在靈活用，未在城府深。
切莫變成書中蟲，鑽營成小人。
君子人格非天成，後天深培根。

我今求道當用勤，不琢玉不成。
人生苦短惜時分，轉眼已秋深。
鏡中華髮鬢初斑，能不愧殺人？
淡定身心又何妨，坐對雲紛紛。
年輪紛飛似奔騰，紅塵正滾滾。
名利於我何須計，遑論功業成。
惟願詩歌寄心跡，微表我純真。
進退得失身外事，心態應中正。
歲月悠悠歌不歇，暫付我人生。
今夜浩歌發天真，付與有緣人。

錢財散盡又復來

錢財散盡又復來，肚大容我真詩裁。
平生不喜守規矩，天光任從飛徘徊。
休言唐律平仄開，遑論宋詞長短排。
我手但寫我心口，詩情盡意翩翩來。
筆下但准龍蛇走，真情實意感興諧。
由來時代推詩人，未許墨矩守規才。

詩意應須濃厚

詩意應須濃厚，長話何妨短談？
如果不想作詩，勸君暫且免談。
立意何妨清淡？濃烈有時也敢。
意境最為重要，婉轉歌唱方好。
即使大聲直呼，曲調也須奇妙。
至於節奏節律，自由掌握就好。
詩歌聲律之說，吾卻不願談及。
能夠運用多少，在於個人涉歷。
可有或者可無，隨君自由參閱。
寫詩原是藝術，思想也須加入。
最忌空洞無一，所言不知何物。
真情實感必須，靈心妙用盡得。
詩道至大無外，無法一篇盡閱。
勤加練習實踐，此外妙法無一。
即以此言告君，或可與君有益。

歲月未可細論

歲月未可細論，紅塵知道幾分？
一任塵浪滾滾，切莫與世沉淪。
我願乘雲歸去，但伴煙霞雲生。
未肯長棲塵世，沾染俗霧凡塵。
世事減去幾分，名利未許生成。
世界本是清淨，不准俗物擾紛。
東方紅日正升，展開新的征程。
我心隨風徜徉，心地明亮清澄。
我要高歌一曲，歌頌神的精誠。
但願和唱四起，響徹世界人生。
小鳥正在鳴唱，世界美妙盡逞。
神與我們同在，共同創造人生。

第四卷《從容集》

序　言

從容之意，甚難言也。夫從容者，有安步當車、不疾不徐之意，而絕無局促荒張之態。內有所本，始能從容；心體能定，始能從容。然所本者何？所定者甚？此處大有講究。或曰：「有道者，其能從容乎？有德者，其能從容乎？有才者，其能從容乎？有謀者，其能從容乎？有宗教信仰者，其能從容乎？有非宗教類信仰者，其能從容乎？無宗教信仰或無信仰者，能得從容乎？」凡此等等，未可一概而論。二人相隨曰從，家有谷儲曰容；故從容者，有非孤獨、不窮困之意，而有合眾、曠達之象。從心所欲，有容乃大。然心為何物？所容者甚？此處又大有講究，三言兩語一時也難講透。故夫從容之意，甚難言也！然從容之境界，人人願得之，人人願追求之。本卷名曰從容，非本人已達從容之境地，而是欲在人生中追求且實踐之也。或曰：「夫四十而不惑，不可謂已達從容乎？」或曰：「吾七十不逾矩，從心所欲，非從容乎？」誠然，此皆從容之境地，而境界有深淺大小之別也！書曰從容，吾今先開談從容，此時作者本人能先從容乎？全卷所論，能從頭至尾皆從容乎？而作者之人生境界，已能深入從容乎？曰能者，恐自欺且誑眾也；曰不能者，汝何必在此賣弄耶？故夫從容者，甚難言也！然吾不得不言，何則？此內心中有不可磨滅之意向在！曰青蒼，曰雲帆，曰鼓浪，繼之而來者，非從容者何？書不盡意，擱筆為佳；即此別過，祝君從容。人生漫漫，雄關如鐵，而今邁步，願君從容。天蒼地廣，任我飛越，其能從容乎？人生暫短，死生事大，應能從容。從心所欲，有容乃大，就讓我們一起邁開從容之旅吧！來日方長，祝君從容！

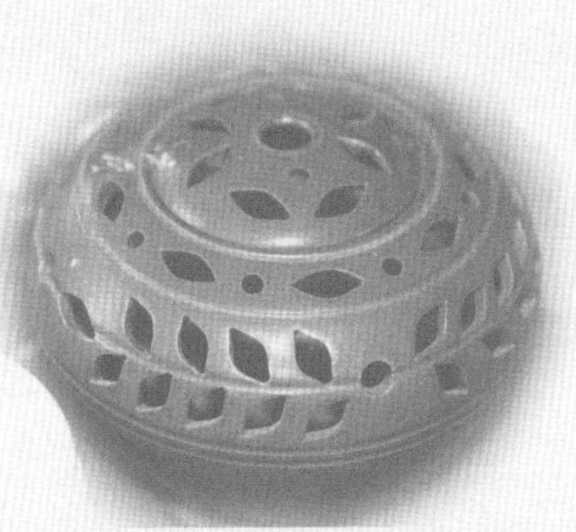

五更枕上聽心聲

五更枕上聽心聲，眠淺或眠深。
薄霧浮起夜深沉，推窗風不生。
此際回憶我青春，歲月似飛輪。
轉眼白髮拔又生，壯歲已生成。
秋深夜長天未亮，五更人聲聞。
早起寫詩心香逞，知音生未生？
歎盡人生吾不語，心境未沉淪。
且待東方漸露白，一天啟新程。
歲月如歌唱不盡，煙飛吹又生。
回思人生也無趣，一似雲飛騰。
長望前路余心生，壯志依舊逞。
願展長帆行萬里，一路盡順程。

人生有涯秋深晚，蟲吟聲又聲。
黑夜將盡白日生，紅日終啟程。
心事浩渺言不盡，言盡卻又生。
夜深行路不怕黑，心有點點燈。

秋歌何妨唱起來

秋歌何妨唱起來，一時心開懷。
歲月匆匆情意載，引我心思開。
我思宇宙自古來，上帝永恆在。
開天闢地創未來，人類承載愛。
此際東方日色開，薄霧浮起來。
新的征程又啟開，引我向前來。
山高水長人生路，心靈路幾載？
脫去舊我成新人，靈程開未開？
上帝永在我心懷，光明恆長在。
人生如歌暢開懷，歌聲動地來。
鳥雀鳴唱聲和諧，白鴿曠徘徊。
晨起唱歌心扉開，一似鳥飛來。

清心不使沾污穢

清心不使沾污穢，須築靈台真智慧。
灑脫但隨白晝走，隨意常俱黑夜回。
心意所通真意具，靈犀必須妙悟會。
隨意卻非隨大意，規矩自在須領會。
天理昭彰心不昧，人情練達味還回。
體察自然道有體，長思宇宙深體會。
天人相應須牢記，人生短暫莫徘徊。
追求真理務前往，上天入地知幾回？
終有刀山須敢闖，靈霄能上心莫灰。

天初明

天初明，蟲吟伴鳥鳴。
才起身，時已過五更。
雨未停，心事也不寧。
情稍起，暫且吟新詩。
時霜降，天卻不下霜。
雨漸減，心事未能減。
空氣好，深吸方為妙。
時尚早，一日安排好。
秋已深，落葉應成陣。
冬將近，依然有雄心。
攬鏡照，兩鬢蒼蒼老。
情緒高，吟詩遏雲霄。

蛩吟四更分外聞

蛩吟四更分外聞，心地靜無塵。
深夜檢點心與神，時已屆五更。
考試已畢萬事定，何妨安心神？
波瀾不起夜深沉，覺來惟蟲聲。
世事推移人漸老，中心憾幾分？
時不我待須急起，奮力行征程。
休言歲月徒蹉跎，詩篇有定論。
願作詩人且高蹈，永不敢沉淪。
吾心清潔似白雲，惜無雙翅生。
求取九天明月生，今夜無月逞。
夜深人靜吾難眠，中心思幾程？
萬語千言道不得，說來也煩人！

長夜漫漫終有盡，天明待後分。
何妨學做有緣人？紅塵暫棲身。
言不盡意徒奈何？長話短篇論。
夜犬偶吠三兩聲，遠迎日征程。

夜半甚慧心地開

夜半甚慧心地開，詩情翩翩中心來。
一點靈心憑誰見？三分妙感彰顯裁。
休言萬事俱空洞，人生實有意味在。
吾今言此君休笑，世界是個大舞臺。
粉墨何妨先登場，扮相俊醜由心裁。
從來正氣由天出，不准邪靈人間格。
天人合一是古訓，幾人明白幾人得？
四更長言求何益？願得秋深人與物。
推窗迎風長瀟蕭，四野蟲聲適而適。

第五卷《蒼蘭集》

序　言

《蒼蘭集》之命名，其意有二層：一則，余於二十多年前於滬上見到一種花名「小蒼蘭」，在冬季開放，秀雅芬芳，十分清麗，去其「小」字，名余之詩曰《蒼蘭集》；二則，蘭花為花中君子，經霜之蘭，更見品格之高貴，因以《蒼蘭集》命題。人生於世，不惟名利是取，而以品格為高，此余慕蘭之本意。以蒼蘭命題，豈余之人生如蒼蘭乎？！余生也不敏，頗志於學，而學識之不逮，深感慚愧；詩中之所集，不過體身心之所歷及所見，每有嗟呼，即入詩行；而余之詩，不合舊詩之聲律，亦有別於今之所謂現代詩也。余生性不喜太多規矩，而於百家雜學之間，實無時間、閒情及定力鑽研舊詩之聲律，而身心每有所感，中心鼓蕩，不能不為詩，因以成篇，日積月累，而樂此不倦，雖數量不少，實不敢以詩人及詩家自命也！時處二十一世紀之現代，知識爆炸，需學的知識太多，而人生有涯，精力有限，是以今人於文學之修養遠遜於古人，此實有不得已之緣由。而於詩歌及詩詞一道，欲爭勝於唐詩宋詞，其能易得乎？法因時變，今之詩歌於聲律一說，有所放寬，此實有其必然性也。世之腐儒，徒執聲律一說，自恃於人，排斥異己，以為非合於聲律者不為詩也。余既慨歎舊詩聲律之艱澀，又頗惜現代詩隨意之鄙陋，因於新詩一道，取舊詩與現代詩之間，有所調和，或為人譏為「四不象」或「打油詩」乎？即便如此，余自取其樂，復有何妨乎？！詩以氣骨為取，未可徒為聲律所困；而腐儒者流，自恃已能，以文字為遊戲，以填字為樂趣，讀後於身心無所裨益，此其何能稱為詩歌或詩詞乎？詩歌一途，不可走入仄徑，此余之有所深憂也！詩言志，貴真情，無真情之投入，不能感人，何為詩乎？言不盡意，即此小言，是為序。

寫詩實在有趣

寫詩實在有趣，所說出自天真。
此處由我作主，浩歌釀出真醇。
歲月百感交集，詩中反映人生。
此際清風吹來，暢開心地純真。
我願高歌一曲，與世共同升騰。
迎接人生輝煌，境界妙入仙神。
天陰未必可怕，太陽會當飛奔。
時或有時不既，靜待守候日呈。
早春天雖寒冷，清醒應許幾分。
二月東風浩蕩，萬物正在新生。
余心深為鼓蕩，激情奔湧紛紛。
冬天已經退去，時節正當春生。
君看枝頭之上，柳枝占得先聲。
百鳥應許歌唱，草野必將綠生。
人生百年雖艱，青春能否長存？
鶴髮會伴紅顏，歲月盡顯溫存。

吾今年過不惑，心中有感何論。
藍天白雲之上，長學雲雁飛騰。
春來已逞二分，余心喜之不勝。
漫漫冬夜之後，終有春日東升。
人生只是短暫，時光須惜十分。
切莫空空走過，雁過也留心聲。
何妨妙發清揚？作詩映出人生。
詩歌是為至寶，精靈奔走紛紛。
不可視為等閒，句句也應當真。
其中或含真理，大道說著幾分。
詩道言之不盡，此處不擬細論。
惟願蒼天佑我，寫出詩歌數本。
即便百年之後，吾身不復生存。
也有詩歌嘹亮，映出余之人生。
寫詩非關小事，世道賴此依存。
應將漫天心事，盡入詩中紛呈。
不敢自稱詩人，只是寫詩相稱。
更願世人誦讀，有益心靈幾分。
名利於我何益？寫詩展現人生。

更於真理大道，何妨探求幾分？
余心言之不盡，即此傾出心聲。
惟願與君有益，開卷利於人生。
浩歌長吟不盡，滄桑人生盡逞。
春來余今有感，寫詩稍吐心身。

無言不必寫詩

無言不必寫詩，有感才發真誠。
即此冰天雪地，要把熱情訴中。
莫謂天氣大冷，我自激情高呈。
要把天地歌頌，反映世態人生。
何必攬鏡自傷？回首徒然愚蠢。
天地如此之大，任我縱橫馳奔。
老復有何可怕？心態應須中正。
譜出詩篇萬千，一若百花紛呈。
即便百年之後，也有德行留存。
不敢自稱詩人，只是寫詩之人。

願將詩章傳世，務必有益人生。
世界徒為擾擾，清心必須靜澄。
名利盡都辭去，樵柴是為親人。
清心好似白雲，飄過時空紛紛。
歷史一似長河，因果誰人細論？
晨起寫詩興起，心意萬言難中。
不敢自稱宏論，只是反映心聲。
小詩徒是擾擾，世界正值新春。
即此二月之既，積雪創出寒深。
不過數日之間，陽和又復回呈。
人生也是循環，生死莫為定論。
一切流變之中，宇宙只一精神。
大道流灌萬方，自古直至永恆。
人生貴有創造，因循是為至蠢。
時代永在前進，潮流不住飛奔。
如若把握不住，將隨世界沉淪。
高天白雲之上，清風吹來陣陣。
暇時應能思想，人生意義何存？
有時陡然覺悟，驚醒夢回時分。

即便陷入太深，回轉也許能成。
何不放下屠刀？慧業漸漸能逞。
沉溺名利之海，永無翻身之人。
真理言之不盡，即此小敘三分。
勸君更能警醒，不能過久沉淪。
晨起一篇詩成，心中快慰幾分。
更祝讀者好運，人生常伴春分。
春來天地震動，百草盡都甦生。
春寒只是插曲，會有陽和生成。
人生總有希望，不可徒自悲深。
雪壓梅枝嬌好，紅梅行將開盛。
世界多麼美好，感謝天父宏恩。
在地永遠歌頌，歌聲上達真神。
人生百年匆匆，行旅恆伴苦深。
要把歡樂尋找，一似花開芳逞。
即此告別諸君，東方日正生成。
敬君一生好運，恆向靈界攀升。
世界只是苦旅，人生夢境紛呈。
應能多結善果，養育靈心真誠。

一天工作開始，創造待君奮身。
世界會更美麗，真神救世終成。
人生貴在信仰，肉體只是暫存。
須將天國仰望，天父正在慰問。
度過今世人生，靈魂會將上升。
更於至高天國，歌聲唱至永恆。

第六卷《綠竹集》

序 言

余慕竹者四：一曰虛心，二曰勁節，三曰傲寒，四曰生命力強；此其所以以綠竹命名此卷也。古人之癡竹者，無過晉之王子猷乎？余困居樓上斗室，不能養竹種竹，而余之心中，其如鄭板橋之畫竹，心中有竹乎？竹譬人生，其余之人生已一如竹之清新勁節乎？炎炎夏日之間，以竹葉煮水飲用，清香漫逸，消暑清涼，是為一絕。而竹林雖佳，其易生蛇，有至毒如「竹葉青」者，此又不可不深以為戒也！是以，世上事難以至善至美至佳至全，此余又所以時時自警自惕也。綠竹搖風，姿態生動，此余之所嚮往者；而竹林深密，林海濤起，此實令人心醉神往之境界也。余生在平原，走動不多，未能見識且飽覽山野真實之竹林大海，此余之深為歎息且引以為憾也！余之所最愛者，莫如粗壯挺拔之毛竹，而浙江、江西盛產竹子，余深慕之；惜乎去春赴江西廬山，沿途並未見毛竹之林海也。悠悠綠竹，縈乎吾心，思之平生，因以命卷；即此短言，是為序。

人生只是匆匆

人生只是匆匆，轉眼白頭成翁。
時光切須珍惜，行路儘管從容。
春來時節正好，從長計議也容。
切莫耽於紙上，貴在實幹勁湧。
生涯不可虛度，名利是為虛空。
願作山間小草，煥發芬芳輕鬆。
不可成為腐儒，咬文嚼字成翁。
時代造就英雄，詩中也見豪雄。
吾生已經屆半，長嗟有何功用？
更當及時奮發，躍馬當先成功。
白鶴會當展翅，大鵬志在蒼穹。
人生不可苟且，志氣創造英雄。
切莫大言無當，腳踏實地是從。
應從小處作手，大事才能成功。
身心不可放蕩，獨處也須自重。
須知冥冥之上，自有主宰稱雄。

人生譬若煙雲，過客也留音容。
詩歌是吾事業，付與後儕參用。
清心是為人生，大道貴在妙用。
更不多作他言，人生只是匆匆。

我願好自為之

我願好自為之，學問一生用心。
大道切磋不盡，早晚也須經營。
不必成為書癡，善用妙感靈心。
書中時時講求，無不飽含人情。
學問至大至廣，一生探求不盡。
即便幾微之間，也須用心經營。
放眼世界人生，有時內視己心。
超越時空局限，要把學問追尋。
有時偶有心得，觸動妙感靈心。
更應一生謙卑，不可自高自鳴。
得意須防失腳，步步防滑是營。
人生匆匆百年，艱深苦難同行。
此處言之不盡，惟在妙用慎行。
東方日色漸亮，鳥兒歌於樹林。
一天工作開始，敬君訥言敏行。
大而無當何益？實幹點滴經營。
幹中應常思想，前途方向須明。
人生誰不犯錯？痛改前非就行。
君子人格鑄造，一生時時用心。
道德文章顯揚，風流長揚帆行。
清晨一篇發出，心事言之不盡。
更願與君共勉，人生道上奔行。
春來時節正好，更宜播種經營。
不必急於收穫，等待更加要明。
且到夏秋之時，自有果實營營。
人生只是向前，未許向後退行。
拋去名利機心，會得靈性清明。
更於至微大道，識得三分冥冥。
東方紅霞正漲，與君共同勉行。
此處更不細論，即此擱筆是云。

寫詩長是暢快

寫詩長是暢快，盡情舒我身心。
靈思妙用真警醒，長對風雨行。
瀟蕭是我人生，雲煙任它經行。
回首何須要驚心？詩歌動地吟。
春來我發浩思，徜徉靈思妙境。
更許心高似白雲，來去自輕盈。
身心長負苦痛，心得點滴分明。
晨起清心觀雨行，一時起閒情。
春寒自有三分，東風又來吹行。
會心解得是人生，妙悟逞中心。
何必放言無忌？多說未必能行。
且自靜坐長清心，內視身心靈。
晨昏更應讀書，日夜遐想放行。
思緒長向天外臨，會覽雲與星。

此際心情靜定，波濤未曾縈心。
願得人生長此行，一生是平靜。
縱有風暴經行，苦痛何懼其臨？
奮搏風雨是人生，更比鷹飛行。
不敢自比鬆勁，未敢共鵬飛行。
白鶴展翅亮身心，雲天自在憑。

點點滴滴青山淚

點點滴滴青山淚，無故休放悲。
回首人生堪味回，不必多沉醉。
春來長思情懷飛，碧水波光射。
閑走人生任雲會，晨昏只是催。
風雨襲來傷心肺，晴時須雄飛。
壯志更在平時培，激情奮似射。
雨打紅梅新新蓓，草野盡含翠。
獨坐寫詩開心扉，詩情勝雨水。
閒情正若東江水，浩浩行萬里。
靜聽內心真滋味，出語俏還脆。
寫詩不可廢話堆，要語最為貴。
簡潔瘦身是為美，即此住思維。

第七卷《芭蕉集》

序言

芭蕉之為物，婉約風流，挺拔蒼翠，清心明目，水嫩欲滴，有不盡之美，令人興歎；較諸楊柳之裊風，稍有陽剛茁壯之氣質，是以別具一種情味及氛圍；余深愛之。古有「雨打芭蕉」及「蕉鹿」之典，何其純美浪漫？！惜余身處貧賤，困居樓上斗室，不能種養碩大之芭蕉，更無緣聆聽「雨打芭蕉」之妙音，何談「蕉鹿」之雅興及奇遇哉！然余心慕清雅，欣賞讚歎芭蕉之純美茁壯及浪漫婉約，因以芭蕉命名此卷詩集，此《芭蕉集》之由來也。芭蕉為天地靈秀之所鍾，較諸芭蕉，余之詩實不敢相比較也。然余名此卷詩曰《芭蕉集》，此余心所嚮往之境界也，或可稍得一二，此余之深喜者也。讀者會之，清心一笑，可矣。短言以序，以記。

一任雨瀟蕭

一任雨瀟蕭，我自興味饒。
此時雨停風正逍，急步健行跑。
人生非飄遙，晨昏雲煙繞。
散步人生迎夕照，雄心依然翹。
白髮任其飄，紅顏正年少。
壯歲激情似水跑，長江萬里道。
春光正嬌好，碧柳自在飄。
家種紅梅開得俏，心境瀟且遙。

浮生長是坎憾

浮生長是坎憾，心思暇時翻瀾。
名利休得稍相纏，心境自安安。
此時心境是淡，清心能照雲山。
人生由我去登攀，雄心入霄漢。
春來已是綠泛，陽和正罩人寰。
灑脫身心度重關，千山又萬山。
暮色此際安然，心際長是清淡。
雄渾人生何須談？只是做好漢。

東方日出美如畫

東方日出美如畫，晨靄正張掛。
未名鳥兒吱喳喳，似將春晨誇。
中心長有萬千話，卻從何處把？
佇立欣望雲與霞，更向詩中話。
詩意不盡心中話，更向雲外跨。
青天之外鯤鵬駕，萬里何足話？
春來感興油然佳，晨風萬千話。
更有心興淩空架，堪與漁樵罵。

晨煙紫紅霞微

晨煙紫紅霞微，明月尚未歸。
清早起寒來催，晨練健步飛。
鳥鳴囀聲清脆，余心曠且美。
柳枝芳草野翠，波光蕩且推。
言不盡對淥水，情懷訴與誰？
更應許春紛飛，二月剪翠微。
興長歎不許悲，人生堪味回。
俊紅梅俏綠梅，花開不盡美。
芭蕉枯綠竹翠，睡蓮未出水。
東風飛喚生回，春分即將會。
長徜徉慢評味，不覺心沉醉。
萬千景感心肺，詩中訴唯美。

心境此際正閑

心境此際正閑，疲憊三分漸長。
懇求靈思飛又往，寫詩妙曼翔。
今晨早起勉強，偏又長途奔忙。
此時神困頭昏樣，何必裝剛強？
暫憩也正應當，時間來日方長。
春來東風拂又蕩，蘸水柳絲長。
寫詩心緒更張，精神煥發力量。
孰料靈感似鸞翔，紅霞漫天漲。
此際心境正閑，放開情懷去想。
何妨步向九天翔？一路向月亮。
月上嫦娥妙樣，吳剛也在身旁。
桂樹碩大似無疆，玉兔搗藥忙。
我與嫦娥攀講，詢問月宮近況。
吳剛歡聲震穹蒼，月姐淺笑芳。

我乘雲霞歸來，步過彩虹身旁。
萬里雲天晴又朗，人間勝天堂。
人生應是昂揚，不可徒自悲傷。
小憩之後心復張，要效鸞飛翔。
那就張開翅膀，向著太陽飛翔。
人生應許風雲張，雷電又何妨？
一路盡情飛翔，時空穿越無限。
身心真是無限量，靈性須剛強。
心靈去向何方？是在幸福天堂。
人生只是客旅翔，永恆在天鄉。
清心才能願嘗，飛翔去向天堂。
天父親自來引航，不會迷方向。
心弦也應更張，靈性務求敞亮。
溫和更似流水樣，謙卑是羔羊。

雅正心地明亮，映出湛湛月光。
心胸又似太陽，射出靈性光芒。
人生不可迷茫，生存必有指望。
幸福天堂真能上，只要用力量。
力量天父賜將，自身也須昂揚。
放出生命真剛強，徑直向天堂。
天堂不是好上，門小路窄難闖。
須有信心十分壯，天父親幫忙。
紅塵任其奔忙，心靈時刻鼓蕩。
真心信服必剛強，天國真能上。
人生擾擾空忙，清心才映靈光。
真理其實似太陽，貯在心中間。
就讓真光照亮，宇宙亙古穹蒼。
須循真理奔天堂，雲帆直向上。
天國是為故鄉，樂園真正安祥。
無數羔羊在其間，幸福是無限。
天國長生無疆，天民永恆歌唱。
天父永遠被頌揚，時間無盡長。
即此不再多講，言下之意已揚。
共君奮勉長飛翔，一路向天堂。

心靈長自歌唱

心靈長自歌唱，要把天父頌揚。
此際清風長來揚，引我情舒暢。
清夜風也涼爽，新鮮使人神旺。
我思世界妙清揚，都是天父創。
一自天地辟創，人類本在天堂。
只因犯罪從天降，至今受苦傷。
天國人人嚮往，美好至善之鄉。
必須悔罪深懺長，才能返天堂。
靈程旅途難上，天使會來幫忙。

天父親自導慈航，一路且高唱。
哈利路耶須唱，心靈純淨向上。
斬盡魔鬼自剛強，天風真浩蕩。
聖靈充滿必唱，遭遇試探也唱。
唱得情懷真舒暢，火熱在胸膛。
刀山火海敢闖，靈風長自浩蕩。
吹拂人心暖洋洋，聖靈駐其間。
人生短暫是傷，天國卻是永長。
抓緊時間快向上，遲了徒悲傷。
高歌猛進長揚，基督精兵強壯。
緊跟我主上戰場，克盡魔鬼幫。
號角長自昂揚，戰場殺烈悲壯。
羔羊千萬奮力闖，魔敵敗又亡。
待到最後時間，世界天地消亡。
基督自雲而下降，得勝是羔羊。
天國永恆歌唱，靈性永是不亡。

從此萬古無盡長，盛讚聖父忙。
天風永是清揚，天使盡都歌唱。
樂園並非均能上，有福才能往。
宇宙自此永長，得救自是不亡。
永不犯罪再悲傷，共父萬年長。
靈恩萬千須唱，心靈嚮往也唱。
天路歷程盡情唱，一路妙輕揚。
我心長自歌唱，聲達宇宙穹蒼。
天使能明我心腸，療治我創傷。
在世永是歌唱，一生一世恆唱。
日日夜夜也歌唱，嚮往是天堂。
歌聲嘹亮昂揚，放達五湖三江。
無數羔羊同歌唱，魔鬼大驚慌。
此際夜色正靚，世人沉睡正香。
寫出詩歌舒心暢，長願是歌唱。

不可得意妄行

不可得意妄行，靈魂須要警醒。
真理聖靈永運行，跌倒可不行。
聆聽內心聲音，靈魂長自運行。
清心做人是要領，糊塗可不行。
天路至為難行，天使護佑攀行。
秉燭長照是心靈，黑夜終將停。
高歌榮耀聖靈，天父從天垂聽。
修得明媚是身心，天國真能進。
務要警醒清心，時時打點心靈。
污穢骯髒可不行，潔白應純淨。
清心才能福臨，溫柔也有福行。
意志儘管剛強並，心靈須靜定。
祝君一路順寧，長寄雲帆暢行。
終有風雨雷電鳴，彩虹屆時臨。
七彩人生運行，天路歷程須明。
不可得意妄自行，天國終能臨。

人生不堪回首

人生不堪回首，轉眼白雲蒼狗。
春來長自東風走，紅梅開未收。
夜正悄悄靜走，心卻默默難收。
放與明月共星斗，長行寰外頭。
五更時正黑透，黎明尚未問候。
心頭有淚流難收，詩中點滴透。
吾生屆半已走，兩鬢白髮初透。
壯懷不言胸中候，雲層湧難收。
更自心思驅走，淩晨不寐情惆。

清風長送我心頭，快意是為稠。
路上馬達轟走，人聲卻更稀儔。
一篇寫罷舒眉頭，情長自問候。

心中狂濤不起

心中狂濤不起，平靜正還相宜。
心事付與星月知，春夜悄此時。
不必更放長思，思想何妨暫憩？
人生難得寧靜時，清風能知此。
夜色正自遲疑，東方晨曦未起。
五更早起寫新詩，心事吐為宜。
春來二月風馳，和氣充盈寰際。
我思若能長似此，多麼有福氣。
滄桑陰晴難知，人生際會其宜。
風雨瀟蕭生涯時，風卷雲飛馳。

老柳正放碧枝，紅梅花放正始。
我思春種待開始，人生揚帆駛。
清晨我自長思，萬語千言難寫。
由來不盡是心事，風雲為遲疑。
悄悄是為春夜，放飛是我心思。
靜坐長待起晨曦，該來卻還遲。

心靜暢神思

心靜暢神思，坐定寫新詩。
吐出心襟真快意，春風也知此。
人生真神奇，知識無盡之。
學海長放輕舟馳，天地放浪駛。
暇思也有期，工作待及時。
春來正是好時機，播種莫遲疑。
紅日已升起，霞光萬丈馳。
晨起真是清爽時，乘興寫些詩。
詩者貴有思，思出是為詩。
暢放神思萬千詞，何須付人知？
室雅益於思，思得清雅詞。
吐出心香真神奇，白雲為之遲。

市井多噪雜

市井多噪雜，余心深興歎。
擾擾紅塵紛又繁，如何是個淡？
人生是短暫，百年匆匆漫。
生死之間須看淡，名利是扯淡。
春來好浪漫，清風暢又歡。
雲天之間心放安，晨昏慢慢看。
詩篇不盡展，書出真浩歎。
更須放飛心與眼，前路正漫曼。
早起莫憑欄，應去田野看。
二月春風裁剪善，碧柳最妙曼。
敞窗任風談，書香清又淡。
吐出心胸是翻瀾，顛山倒海看。

不意杏花全開

不意杏花全開，惹來小蜂競采。
春來和氣天地栽，煦陽暖和哉。
我自健步行快，奮力開闢未來。
若得乘雲分外快，惜乎時運哉。
二月東君已來，紅梅含笑正開。
垂柳且自搖又擺，歎其婀娜哉。
我自對春深愛，春歸卻留恨在。
春分將臨我思裁，時光飛快哉。
不必徒自悲也，心胸何妨暢哉？
時序更替循環在，節律天安排。
人生應須欣快，陰晴圓缺任排。
長自奮行奔天外，乘雲跨鶴哉。

人生難得清閒

人生難得清閒，焉肯放下思想？
心有千願均需嘗，件件待商量。
白雲蒼狗奔忙，少年白髮滄桑。
轉眼百年匆匆向，心雄何必講？
春來風正吹放，人心卻又鼓蕩。
如何清心真難講，機心引喪亡。
何不學雲飛翔？白鶴展翅正靚。
天蒼地廣任我航，遠離名利場。
此際心興高漲，春意又復蕩漾。
水拍岸堤起清響，柳上鳥鳴唱。
湖畔我自徜徉，萬語千言難講。
寫詩不盡是思想，共與春風揚。

淡霧隱約樓臺

淡霧隱約樓臺，紅霞漾水靚哉。
魚兒不時躍水來，垂柳碧絲裁。
好風吹來真快，余心大是開懷。
迎春花兒怒放哉，雀鳥鳴喈喈。
水天清長妙哉，日出胭脂樣來。
柳枝拂臉惹人愛，漫步未行快。
湖景日日變哉，新異長在我懷。
每日散步俱來拜，興味無窮在。
昨晚曾到此來，沿湖霓虹競彩。
真似不夜神仙界，亭閣流光在。
今晨景又新開，水天妙揚精彩。
長開余心並吾懷，我思故我在。

心事未可疲憊

心事未可疲憊，春來正應雄飛。
人生少壯只一回，白頭空興悲。
春風長展明媚，草野盡含芳菲。
小鳥歌唱清且脆，天地和氣培。
更應發奮揚眉，雄鷹志在高飛。
絕壁之上盤且回，自在逍遙醉。
共君奮力雄飛，萬水千山明媚。
待到老時徒回味，人生只一回。
窗外春光正美，遠天煙靄淡飛。
寫詩但覺心神飛，何止萬千里。
天地狂起風吹，熱極生風是為。
休怕前路風雨倍，奮發是雄飛。
陰晴由它排隊，圓缺均堪味回。
此際風狂呼如擂，心定自沉醉。

杏花開得正美，桃花也已含蕾。
梅花笑臉相對，迎春怒放最美。
二月春風紛飛，仲春剪出嬌美。
老柳最是婀娜味，況有鳥鳴媚。
人生未可輕對，惜時如金是為。
共君立志須壯美，雄飛更長飛。

人生堪味回

人生堪味回，長是多沉醉。
只是名利常來摧，毀掉生塵味。
心共雲飛回，情向山野飛。
樵柴人生是為美，不是等閒味。
水已污染毀，魚肉多怪味。
漁夫失業空興悲，釣磯無人會。
世界變如飛，知識日加倍。
故調重彈未為美，新局新社會。
我心多興味，亙古長是飛。
轉眼白髮兩鬢催，少壯付煙水。
長嗟有何味？會當展眼眉。
前路正有萬千水，待君細味回。
君應高歌會，老酒非沉醉。
人生自是有滋味，雲去復又回。

人生莫興悲，老來情興飛。
真知得來是寶貴，只是白了眉。
長風獨自飛，鳥語更是美。
會展人生萬千里，鵬翅是雄飛。
春來真明媚，我心開加倍。
寫詩惟吐真心對，壯懷紙上飛。
不惑加四歲，天命六年會。
余生欣處新社會，雄心是加倍。
寫詩未為貴，只吐心中味。
待君細讀有味回，能否稍沉醉？

人生好自在

人生好自在，春光暢開懷。
只是此情不更改，長被東風裁。
心興清揚哉，妙詞吐出來。
寫詩得意心痛快，何物更貴哉？
長把心襟解，呼出真胸懷。
讀詩正如讀人在，惟君解不解？
生塵妙曼哉，放飛我心懷。
高天之上無塵埃，清心得自在。
春分今日來，清明待後開。
時節正是妙又諧，和氣天地在。
陽光普照哉，清風暢揚也。
寫詩貴在一吐快，付與讀者裁。

此際無話可講

此際無話可講，心神守定胸膛。
內視也有光芒，是為靈性真光。
人生不憑身強，要在靈魂清揚。
煥發生命力量，奔向心的天堂。
所以只念之間，驟分地獄天堂。
更於瞬間回想，展現心靈力量。
只是此生漫長，百年艱蒼奔忙。
暇時盡可補上，心靈須上課堂。
心清才能燈亮，照徹幽暗遐方。
深夜燈火通明，黑暗無處躲藏。
此際日光正亮，春分時節歡暢。
我心長欲歌唱，即此短歌獻上。
但願歌聲清亮，傳達宇宙穹蒼。
即便遏住雲翔，也應不驚心腸。

生塵瀟蕭風狂，人生應許安祥。
涉過塵世茫茫，終能進入天堂。
天堂是在至上，心中時刻嚮往。
不滅心燈照亮，臉上聖潔放光。
聖徒謙卑羔羊，靠主引領向上。
天路長是難闖，天使時時幫忙。
禱告真有力量，口唱心和聲靚。
靈歌不息長唱，映出靈的迴響。
人生雖是匆忙，暇時也可徜徉。
藍天白雲安祥，清風拂開胸膛。
心情應許明爽，高歌一曲清靚。
天父宏恩頌揚，人生力量倍彰。
心胸滔滔奔放，萬言長似川揚。
只得強行停講，免得費人時間。
時間固是飛翔，節律也須常講。
生活只是尋常，人生意義昂揚。
不必過於匆忙，應許定定當當。
就如詩歌一樣，誦讀悠悠揚揚。

春來情興正濃

春來情興正濃，心中思潮正湧。
不盡春光待歌頌，晨曦此際濃。
朝霞水中映漾，鳥卻百囀千唱。
水光天色真明亮，應許心境放。
散步不覺情長，中心長起思想。
春分果然妙無限，和煦有朝陽。
興長真想歌唱，就怕別人異樣。
還是回家寫詩長，別致又新樣。

心有千千嚮往

心有千千嚮往，化作彩雲飛翔。
不盡人生須歌唱，對此春光揚。
夜幕此際正降，華燈遍地競放。
週末長是寫詩忙，有情就須唱。
不必高聲昂揚，詩中吐出清芳。
化作夕煙漫天長，溶入天地間。
人生總有嚮往，清心卻更悠閒。
從來名利把人傷，古今一戲場。
心境淡雅無妨，肚大更有雅量。
胸襟能把天地裝，宇宙匯入腸。
和軟一點無妨，能屈能伸是量。
丈夫意志自豪壯，不在一時講。
春來長是安祥，人心又生希望。
一如春草碧又芳，生機蓬勃長。

何不趁勢鼓蕩？早播良種為上。
夏秋豐收有商量，人生同此樣。
生塵客旅相仿，百年只是荒唐。
黃粱一夢空惆悵，余得是心傷。
早點警醒為上，靈魂得救是向。
天父早已指方向，速行快啟航。
直口無心何妨？曲折奸邪自傷。
天意從來有商量，正氣天地揚。
溫柔一點無妨，剛硬過分易傷。
百折不撓是好鋼，屈折自如放。

此心長是飛翔

此心長是飛翔，不肯落地安祥。
春來余心多鼓蕩，好似草滋長。
只是情懷又傷，對春卻又徜徉。
身心清潔似雲翔，飄向碧山崗。
夜起寫詩心暢，顧影何必自傷？
風送陣陣清與爽，時節堪清賞。
只是心事彷徨，難言說他怎樣。
一種情緒是綿長，繞來又飛將。
說來卻也清狂，道又難說細詳。
長是此心不好講，沉吟費思想。
人生徒是心傷，情懷向誰開放？
春風長自是裊揚，能否知我腸？
何必向人言講？自我轉思是向。
終有心思漫天長，惜無知音講。

好是惹我心傷，春思又起茫茫。
獨坐此夜清且揚，何不開懷暢？
春情自是長放，無言獨坐小房。
一任路上車聲響，紅塵由他蕩。
坎坷人生回放，不如向前展望。
任起風雲萬千狂，我心要高翔。
只是此心難量，叫我如何言講。
明明坐在此地方，他卻飛遠鄉。
心思長又飛揚，共與清風長放。
會展風雲起波浪，碧水非一汪。
任其風雨正狂，我心長是相向。
不肯安逸守洞房，要去闖一闖。
前路任其迷茫，我心只是雄壯。
高山深海也敢闖，煙雨任蒼黃。

高飛未止疆場，深入宇宙穹蒼。
只是人心難測量，海洋不能裝。
夜深微風清漾，余心長起狂浪。
激情勝過春水漲，浩浩似汪洋。
五更已進何妨？天明尚待時光。
獨坐長是思與想，此心真難量。
人生長是苦傷，心思費盡緊張。
涉過情海風與浪，能否輕飛揚？
心應高蹈遠航，向著光明太陽。
心地明淨自有亮，是乃為心香。
天父親自導航，向著至高天堂。
聖徒一起高聲唱，天地和諧響。
就讓激情高翔，放飛心的夢想。
天路歷程真能上，靈魂潔又亮。
得救是在天堂，此外全無指望。
此處更不細細講，有緣自能上。

清心應能明亮，潔白自有芬芳。
心胸開闊視野長，更把天國望。
高飛進入靈鄉，心境自有妙揚。
祝君一路清且暢，步步樂園上。
真理默默不講，只是深入心鄉。
清心自能測與量，濁濁是妄想。
真話質實安祥，嘩眾是屬雜種。
大道無形運無窮，天地在其中。
心事並非沉重，只是有時情濃。
悵望內心風雲動，波濤起洶湧。
多言能達無窮，心思更至蒼穹。
宇宙是在我心中，只是情難鍾。
獨立對春無窮，長起是我心痛。
不言還好言更痛，痛徹肺腑中。
不必更加言重，回思轉我笑容。
人生難得笑口逢，何必憂深重？

人生只是匆匆，轉眼白髮龍鍾。
只是心眼須凝重，不可被欺哄。
只是情緣難鍾，長是人生情重。
好自為之莫匆匆，應許更從容。
高歌何必無窮？短語更令情鍾。
不必多言費且窮，擾擾紅塵洶。
長是人生匆匆，壯歲兩鬢斑重。
白髮應能長對風，飄飄若心動。
就把心事拋空，早晚徜徉輕鬆。
何必自找擾與痛？應向白雲中。
樵柴哪有輕鬆？生活自是貧窮。
人生有緣自相逢，祝君富且通。

驚濤拍岸如歌

驚濤拍岸如歌，勁風吹擊如梭。
仰看天低雲如川，欲雨還又休。
我沿湖畔洄轉，心動層層生波。
急行回家把雨躲，柳舞鳥還歌。
剛到家中藏躲，霎時電閃雷多。
大雨降落伴風丟，春雷第一歌。
時間過去不多，陣雨卻又停梭。
風停似乎已歇波，只恐雨還多。

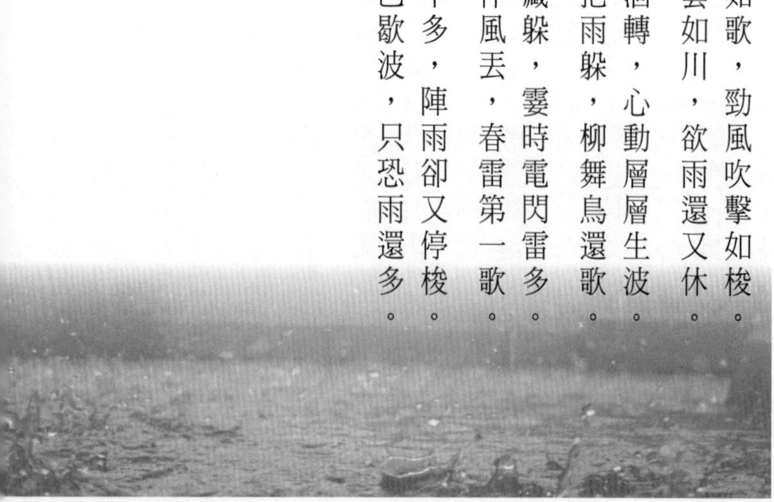

雨中輕漫

雨中輕漫，浪漫原自好看。
風吹衣單，心襟也自散淡。
不帶雨傘，任其風狂雨犯。
涉過水灘，須防腳下泥翻。
人生平凡，風雨共其相安。
長呼短喊，心痛由它漫曼。
寫詩扯淡，生活不是這般。
真實去幹，汗水澆出豐產。
狂言何干？宇宙任我揚帆。
心起狂瀾，更比風雨翻番。
鳥兒正喊，春來起他情瀾。
我心安安，風雨與我何干？

雨中經行

雨中經行，此心長是清醒。
人世傷心，費盡多少腦筋？
枉自經營，用盡全部身心。
一朝來臨，大夢始覺方醒。
鳥囀清音，更比人話好聽。
狂蕩野心，天地無法比印。
還是小心，步步防滑要緊。
大膽前行，人生應有雄心。
辯證經營，靈肉共此身心。
推敲也行，只要真理能明。
奮力前行，須學雨中雄鷹。
低首沉吟，人生只是云云。
不必多云，難測是為人心。

高歌當盡，夜半終須清醒。
生非夢境，須向天國奮行。
大力推行，真道不歇運營。
放眼邊庭，當樹我之雄心。
回首心領，人生多少人情。
且向前行，風雨何懼其淩？
詩中傾心，顯出自己心靈。
雨聲正吟，惜無芭蕉可聽。
風正清心，無苦無痛就行。
不必費心，任緣自在運行。
好自行吟，人生步步為營。
敞我身心，向風大聲呼停。
風卻不停，只是更加高鳴。
我心多情，向雨傾出心靈。
雨又無心，只顧灑下甘霖。
獨自沉吟，寫詩暢發空靈。

我心曠行，天馬行空是雲。
長歌當盡，只為反映身心。
更無所雲，窗外風雨正行。

行遍天涯情無數

行遍天涯情無數，此際默默無語。
人生遑論有無趣，任君自由裁取。
悲歌一曲情無數，放浪天涯心許。
人生徒是奔與趨，白雲蒼狗是取。
奮發向前情無數，心傷是由自取。
人生只余心與軀，長對夕陽煙雨。
不言也罷情無數，自解自嘲情趨。
人生悲歡痛與苦，化作漫天煙霧。
欲說還休情無數，情味自己清楚。
人生滄桑共雲渡，付與漁樵細數。
即此擱筆情無數，心酸心痛難癒。
人生更應不言語，啞巴黃蓮吃苦。

柳絲揚又擺

柳絲揚又擺，午後天色開。
林濤清響嘩嘩在，引我心開懷。
長髮風吹開，驚濤拍岸來。
南湖波光水色在，天藍無雲來。
陽光和煦屆，暖氣中心裁。
北風暢行真痛快，健步行得快。
詩興中心裁，詩句天外來。
心扉大開稱妙哉，體會心中在。
濤聲和又諧，天地狂飆在。
二月之末稱奇哉，有此好景來。
我驚此天籟，天父親自裁。
釣台猶有漁郎在，是否有魚來？
玉蘭花競開，潔白光又彩。
碧草芳菲默默在，清新又自在。

未名花樹開，風姿樸實在。
可惜風狂花香敗，無法嗅取來。
迎風暢奇哉，敞開是心懷。
前面花樹茂密開，粉白多精彩。
勁風長不敗，清響滿耳來。
竹叢瀟瀟搖風采，長待君來解。
興盡歸來哉，精神倍加開。
神清氣爽妙悟在，天地罡風來。
詩興暢發哉，一路記下來。
回家修正打出來，加入書稿哉。

春寒料峭（之一）

春寒料峭，清晨起得早。
枝上鳥兒正鳴叫，紅日已高照。
出乎所料，晨光如此好。
心中暗暗稱又道，不盡是個妙。
雄心猶瀟，長欲奔且跑。
白鶴張翅雲外逍，鷹飛絕壁高。
吐氣長嘯，更比鳥兒高。
張臂過頭長伸腰，天地為動搖。

此時夜靜正寒

此時夜靜正寒，只得窗戶閉關。
坐定寫詩心安安，無憂也無煩。
心靜長比夜闌，不起絲毫微瀾。
吐出心襟未為煩，欲人理解難。
清心與雲相安，潔淨共水同瀾。
內視常覺心清淡，對人更不談。
夜深不能高喊，縱情卻興狂瀾。
若向心靈深處談，好個波與瀾。
紅塵只是翻翻，人生惟是短暫。
轉眼白髮兩鬢斑，欲裝少年難。
心境只與緣纏，放手卻更安安。
一任風波起與翻，穩坐釣魚灘。
名利與我何干？人生說幹就幹。
動手寫詩成千萬，豪情狂且曼。

不必裝做好漢，只是平常之男。
生活更是求清淡，寡欲是安安。
時正三更清寒，清心好個淡淡。
寫詩是為快如帆，吐出是心安。
心事綿綿纏纏，長似鳥囀綿蠻。
柳枝清拂在心坎，只是一個淡。
此時夜靜正寒，寫詩長覺心安。
人生感慨更不談，何必費心喊？
不必多加言談，點到是為美善。
人生更待放長眼，前路正漫曼。

已遠桃源去

已遠桃源去，人心不復古。
引余長嗟歎，滄桑未許數。
何必多復言？且自中心悟。
白雲蒼狗老，春夏秋冬緒。
世事應有變，人老白鬢須。
吾生徒有感，浩歌向天去。
天高實難去，又無雙翅度。
桃源今何在？引余長唏噓。
唏噓復無益，無言默默去。
更向何處去？心深白雲處。
白雲徒飄渺，余心亦趨趨。
飄向何處去？山高水深處。
山水茍有情，悲歌應悽楚。
悲歌復無益，惟余歎而噓。
天公如有眼，還我桃源渡。
桃源不可得，深深有淒苦。
天人應相和，環境須維護。
余生尚有日，桃源能渡否？

春寒料峭（之二）

春寒料峭，東風吹來早。
神倦未肯出門瞧，晨起寫詩悄。
心事全拋，情興剛剛好。
佇望紅日東方照，天際煙靄高。
晨鳥鳴叫，李花開正俏。
木香蔥綠青正好，抽芽數他早。
春來正好，二月將盡了。
更待三月陽春到，桃花已含苞。

第八卷《楊柳集》

序言

楊柳者，樹木中婉約風流之最者，余深愛之。有風清來，楊柳搖曳，姿態生動，情為之曼，人皆稱其善，而莫可盡其妙，故夫楊柳者，溫柔妙曼之最者，真天地間一大絕妙之長物也。詩譬楊柳，豈獨取其柔婉妙曼哉？非也，當取其完美美好之境界也。詩亦妙物，一字不妥，則全體突兀；半句不工，則失其所值。故夫寫詩，譬若裁衣，譬若冶工，譬若建築，譬若園藝，必待巧手巨匠，妙發天工，揮灑才情，而又精冶細鑄也。詩有雄渾者，有婉約者，有難以言盡、不可盡數之各種風格也；才有大小高下，質有清雅混濁之別，而發乎歌詠，各盡其妙，未可一統也。故人各一秉，才氣獨具，長短高下，譬若五音和諧，而成交響之曲調也。楊柳者，柳枝採柔，老幹取剛，不折為韌，隨風是和；通觀全體，則曼妙清雅風流柔美絕倫也，有不盡之妙境，實世間之寵物，余深愛之，深敬之，深慕之，深念之；故以楊柳名余此卷詩，豈偶然哉？余詩不及楊柳，無須多言，而欲學楊柳，深恐其遠不肖、遠不及也。愛美之心，人皆有之，效彼楊柳，亦同念也；或恐東施效顰，畫虎不成反類犬也，此余心有惕惕，深自警也。然人心向善，雖是醜人，也知打扮，故余之名此卷詩為《楊柳集》者，有此思此想此念，讀者不以醜陋鄙余，則幸甚，而實不敢以楊柳自比自視也。書不盡言，短語以序，即此。

清心解得是人生

清心解得是人生，雲層散又生。
不必裝作有緣人，風兒旋還奔。
我自獨行何須論？萬里風雨程。
春夜正好清心逞，溫馨有幾分。
長思人生是苦程，淚灑獨自吞。
晨起更是精氣生，長行前路程。
揮灑心跡無人論，只是向雲逞。
更在詩中透幾分，英雄壯志呈。
高歌不必遏雲層，小溪自生成。
輾轉身心未沉淪，更向高天逞。
妙悟心田是幾分？春雷生未生？
春夜作詩更不論，靜聽蛙鼓聲。

好自為之是人生

好自為之是人生，窗外風生成。
淡泊最是養精神，未許是折騰。
百年光陰似水奔，能有幾回逞？
轉眼壯歲華發生，可憐志未成。
更許放眼萬里程，山高勿足論。
風雨何妨我兼程，展我精氣神。
夜深無眠有精神，詩興正奔騰。
百篇應許能生成，激情是繽紛。
平生最喜聽蛙聲，養我真精神。
清風送來暗香聞，心襟開三分。
不必多論是人生，誰不解幾分？
何必賣弄費精神？且自聽蛙聲。

此際真有詩情

此際真有詩情，妙悟天地之心。
天人之間有感應，所憑是性靈。
清心最益頤情，夜深放與蛙鳴。
四更靜坐心清明，窗外清風行。
人生真是空靈，更應妙解身心。
天父宏恩時時臨，加我好心情。
此際真有詩情，所發出自良心。
天理昭彰正運行，時時應警心。
世界是有妙情，發掘須憑靈心。
大道深邃未易尋，更在時空行。
真理獨自運行，詩中也應反映。
春夜清心把詩吟，心中有高興。

開我心襟

開我心襟，吞吐山河心未驚。
平地長行，何如展翅共雲平？
小風清靈，惜無蝴蝶採花芯。
寫詩空靈，皆因清得一顆心。
壯志難雲，世界萬象紛又紜。
整頓心情，時時檢點身心靈。
要言警醒，滄桑映出斑斑鬢。
眼目須敬，穿透萬里風與雲。

我心欲行

我心欲行，突破時空有心靈。
天國心印，時時仰望慕而景。
春日多晴，花草柳絲映碧雲。
搖漾心情，真是自在一顆心。
真想飛行，直上青天淩碧雲。
過眼風雲，只是可憐這顆心。
必須靜定，穩坐書齋心空靈。
詩中申明，我有清心勝白雲。

人生運行

人生運行，拂去雲翳見性靈。
要想空靈，先得清汝一顆心。
生涯多辛，勞我大塊苦經營。
放下利名，才能持有好心情。
世界噪音，滿耳灌得利與名。
糊塗縈心，哪辨天機與良心。
大道無名，空際交響是生命。
瑣碎經營，可憐奴顏婢膝心。
勸君警醒，天國在上須勉行。
放蕩隨心，陷落地獄苦難雲。
春日和晴，正道教人用心領。
拋卻閒情，當由聖靈主心靈。
不可稍停，天路門小窄難行。
相互呼應，大牧導引成隊形。

清心要緊，正直做人本份明。
一顆良心，不可污染須淨明。

世事總付舟上看

世事總付舟上看，此際心淡淡。
霧鎖清天風吹還，身上覺衣單。
我心有歌共誰談？情恨抛又返。
歲月如斯殘春曼，初夏待來纏。
鳥囀嬌好君休慢，天籟是這般。
放飛心跡向霄漢，穿過雲霧幔。
一點清思詩中喊，惜無瑤琴彈。
人生無奈對春殘，佇立深浩歎。

我心有話要講

我心有話要講，長欲共鳥鳴唱。
春光此際悠揚，許我心情奔放。
人生不必談講，身處誰不盡詳？
妙道應用無疆，即此應有發揚。
窗外鞭炮正響，世界只是囂張。
心境要想清涼，還是要有思想。
大道天地盈蕩，只是無人探望。
卻向山間水上，送與漁樵品嘗。
不惑人生坦蕩，妙用靈思清揚。
我心有詩欲唱，此際春光和暢。
天地自有交響，世人碌碌奔忙。
大呼一聲雷放，遏住行雲歸藏。

初夏今日開場

初夏今日開場，午時陽光和暢。
我心自由舒揚，作詩熱情奔放。
高歌一曲清揚，直上雲霄旋蕩。
人生應許情長，此際花滿心鄉。
春去何必悵惘？夏來自有風光。
妙曼人生飛揚，七彩生活綻放。
百折回波行長，大海盡能包藏。
世界萬千氣象，道來不盡話長。
天地任其蒼黃，心靈更加巨量。
邁步激越奔放，時空不能阻擋。
宇宙終其混茫，自有大道康莊。
敬遵正道昂揚，人生意義顯彰。
言說不盡寶藏，此處更不多講。
只因心情舒暢，故有此篇話長。
四野草木榮昌，萬類自由競長。
生態平衡安祥，天人相和互唱。
天際煙雲正蒼，晴空萬里雲翔。
敬祝歲月平康，初夏今日開場。

三更枕上未眠

三更枕上未眠，心地頗不寧靜。
遐思萬里曠行，蛙鼓此際正鳴。
月華如水似鏡，心有燈火相映。
人生百感牽縈，放下纏累是明。
我心自當清醒，不惑人生經行。
何妨學取蛙鳴，無憂無惱是憑。
深夜和風清靈，天籟人心相印。
大道無言運行，求取更在心靈。

五更蛙聲更響

五更蛙聲更響，間有二三犬唱。
清夜如此安祥，天地和氣蕩漾。
詩意越發暢揚，越過高天穹蒼。
持有純真心腸，心地映出月光。
靈性妙然清揚，神思更上月亮。
蟾宮向下俯望，世界掩在滄桑。
今夜真是安祥，世人盡入夢鄉。
獨坐寫詩雖忙，心有不盡清光。

晨曦美麗無法唱

晨曦美麗無法唱，林鳥喳喳響。
清風送來我心暢，況有蛙鼓揚？
天色漸起明與亮，心地頗安祥。
清思漾起有心腸，卻向詩中揚。
心思流轉似水長，人生有清揚。
情思蕩起清輕放，好似和風翔。
淡定生涯無法唱，誰共我心腸？
獨立窗側長瞭望，紅日待生長。

第九卷《清心集》

序　言

《清心集》之由來，難言矣！或曰：清心者，寡欲之謂也。事情未可如此簡單也！心固欲清之，但如何清法？清心之後，汝心何歸？如欲清心，更問心為何物，汝欲清之？此又難以盡言。只一個心字，欲解得透徹正確，就大屬不易；再問如何清心，未易確解；而進而論及心體及心性何歸，此各家各派多有歧義，未可一言以歸之也。然天下事難在認真二字，治學亦如此；即此清心二字，欲詳加推解，引出許多話來，終汝碩學老儒，也有疑難之色。然余既名此卷詩曰《清心集》，就不得不對清心二字有所解釋，是以余心惕惕，深恐錯訛，誤人深遠，能無愧乎？然學問之長，貴在切磋，不發己見，孰能與論？故拋磚引玉，此其大旨；強行解之，又有所敬畏也。

清心者，所清者心也。心體者，中正之物也。儒家講究個格物誠意致良知，道家求得個先天後天之道體，佛氏卻說是個真如本性，基督教中又解得個聖靈主宰；此各家說法不一，誰個正確？或者都有可取之處，俱含片面之點？此處我也不能把話說死，說得一個唯一正確答案；君自有心，用意辨去！再說如何清心？各家各派又自有法門。儒家教導說要以天地之心為心並要慎獨與正己及人；道家說是個無機流走及無為無不為；佛教卻說要向蒲團上打坐，禪宗又鼓吹個甚麼當頭棒喝，說是可及時覺悟；基督教是教導人為主視萬事如糞土並敬心禱告，懇求聖靈充滿。哪家正確？孰者為上？此處我同樣不能給出唯一正確答案，且由汝思去。第三再論及清心之後，汝心何歸？儒家教人修身齊家治國平天下；道家教人淡泊合天道，天人合一；佛氏教人出世間去追求寂滅成佛；基督教教人求個天國永生福樂。何家正確？如何取捨？我亦不能告汝並言之；汝自有頭腦，且自思去。或曰：汝自以清心命題，於書中必有所本，必有所言，必有所思，必有所發，汝之觀點如何？此未可回避之問題也。誠然，余信奉基督教，此余人生意向之選擇，於書中必有所發揮，此順理成章之事也。然余不欲以己之見解強加於人，君自有思，取捨之間，由君自已作主。故為文之難，必負雅正之旨，當求有益於人；所謂開卷有益，此余之所希冀者，然終實不敢以余之詩集自吹自擂且自負也。小言清心之旨，不當之處，敬請海涵；即此短言，是以為序。

晨啟微光

晨啟微光，嗅得草野芳。
鳥又歡唱，一日好時光。
紅霞微漾，天際煙蒼蒼。
月季花放，姹紫嫣紅芳。
好歌須唱，詩意中心蕩。
心地真爽，暢對清風揚。
短歌何妨？心意盡顯揚。
不必嘹亮，默默思想彰。
世事徒蒼，一任其清狂。
人定心閑，風景任徜徉。
真是豪放，欲跨長天上。
飛向何方？至遠入穹蒼。
彤雲正漲，景色真堪賞。
會有光芒，紅日出東方。
身心清揚，直欲乘雲上。
回思人間，不忍拋與放。

和光同塵

和光同塵，瀟逍走人生。
展望前程，立志攀與登。
雲層紛紛，立身須端正。
收斂心神，目標須看准。
我心平正，閒情未許存。
壯志猶盛，秉燭夜長奔。
清心雅正，純潔求十分。
掃除心塵，大道充而沉。
此時不論，功業與人生。

名利不准，騷擾我心神。
心有明燈，照亮夜深沉。
奔走人生，長展雲中身。

鳴蛙響亮

鳴蛙響亮，長是共雨唱。
雨打風狂，天氣頓生涼。
我心悠揚，心襟開又暢。
晨風清爽，引我詩意翔。
心欲歌唱，有感就須彰。
不必狂猖，淡淡起清芳。
窗外長望，月季花正放。
草木蒼蒼，雨沐添翠妝。

夜雨頻敲

夜雨頻敲，簷前滴瀝好。
四更風小，清和寰宇罩。
鳴蛙輕叫，路上華燈渺。
心情特好，寫詩舒心竅。
人生瀟逍，壯歲看未飽。
雲外寄傲，平生煙霞繞。
前路正遙，山水任其好。
躍馬前敲，一路歡聲高。

詩中笑傲

詩中笑傲，吾是狂夫耳。
名利全拋，一心入雲霄。
塵世煩擾，脫離方為妙。
應學逍遙，更入青山道。
漁樵最好，清心格最高。
鳴蛙正叫，時雨長是敲。
不使動搖，立志須高渺。
何必長嘯？詩中發牢騷。

一點情長

一點情長，清夜入心腸。
少年何往？只余兩鬢蒼。
鳴蛙正響，夜雨又來唱。
心地悵惘，無言歎蕭涼。
當年情長，高入雲天上。
人生艱愴，身心負巨創。
言起也長，卻向詩中淌。
流年已往，空對時雨長。
未來怎樣？此心長瞭望。
煙雨茫茫，前路山水長。
奮發向上，志向未曾忘。
高歌嘹亮，詩意似雲翔。
只是情長，心地有點傷。
難以回放，展眼向前望。

夜雨真狂，路燈隱隱黃。
天地瀟蒼，只餘鳴蛙響。

夜風清爽

夜風清爽，野蛙悠揚。
月光淨朗，引余心暢。
中心所想，澄淨為上。
名利應放，白雲悠閒。
高山流響，知音何方？
獨坐思曠，慮念無疆。
天蒼地廣，人生艱蒼。
羨彼漁郎，少思寡想。
樵柴放曠，保真安祥。
傾心嚮往，耽彼溪澗。
水雲之間，是我故鄉。
何日清閒？定去遠方。
山高水長，余心所向。

天遠遐方，寄情嚮往。
心興悠長，一似風暢。
更發長揚，妙悟心鄉。
天尚未亮，五更正當。
詩意昂揚，激情奔放。
長思短想，類彼汪洋。
言盡何妨？清風正揚。

驚心動魄是人生

驚心動魄是人生，回首心生疼。
暮煙此際正生成，西天夕陽沉。
何須回憶我青春？一任白髮生。
歲月奮飛走車輪，滄桑輾後成。
風吹花香正紛紛，心胸為之振。
但捧詩書慰吾生，靜聽鳥語聲。
意態沉雄未足論，清雅度平生。
常向詩中露精神，天地驚又震。

養生省心最為要

養生省心最為要，閑聽古琴清音妙。
君子人格是為好，高山流水滌塵囂。
瀟湘水雲傾心找，平沙落雁對晚照。
漁樵問答無機竅，梅花三弄格調高。
醉漁唱晚境微妙，陽春白雪世間少。
廣陵一曲自瀟騷，陽關三疊歌意饒。
胡笳起處悵惘高，悠悠心興向誰道？

夜風送涼

夜風送涼，蛙鼓正響。
坐定思想，心有瀟蒼。
人生徒忙，空空一場。
余心靜處，體歷炎涼。
不惑已往，天命會當。
慨當以慷，憂思難忘。
中夜悲傷，余心何往？
一曲衷腸，倩誰共享？
清夜蒼涼，吐余心芳。
清歌既往，化入雲鄉。
淡定長向，靜守艱蒼。
夜深長想，微微茫茫。

夜深人靜

夜深人靜，獨自對本心。
不必心驚，白了兩斑鬢。
三更已進，窗外無人音。
只有蛙鳴，深夜堪清聽。
我有雄心，吐出世人驚。
瀟逍心襟，曠放入雲青。
應有靜定，閑中有心情。
要想飛行，待時最要緊。
大鵬運行，寰宇無法印。
英雄性情，何必剛且勁？
心有千情，只是無人領。
此際心定，詩興長運行。

靜聽蛙鳴

靜聽蛙鳴，心地清而淨。
清風運行，爽意盈心靈。
真是心靜，無有噪雜音。
流走無心，天籟合人情。
不想睡眠，清坐思緒縈。
明心慧性，灑脫是余心。
回首心驚，往事何必云？
空自多情，只是傷了心。
心地要明，時時須警醒。
人生奮行，跌倒可不行。
夜深人靜，心思正紛紜。
寫詩盡興，不盡是歌吟。
又聽蟲吟，清新真好聽。
動我心襟，引起無限情。

天地運行，滄桑無法云。
人生經營，全憑一顆心。

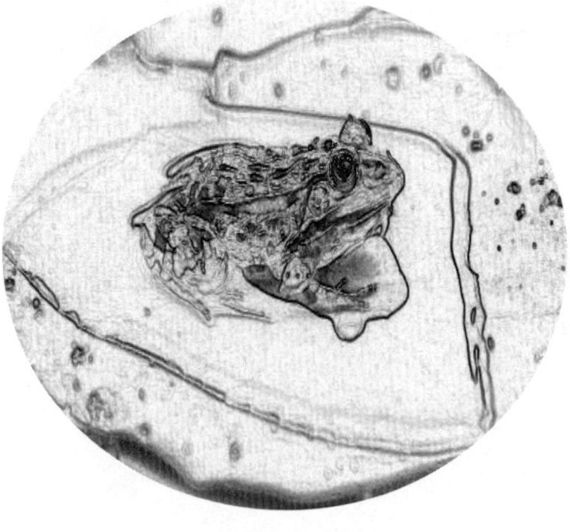

淡泊明心

淡泊明心，瀟逍走千嶺。
人生經行，未許多閒情。
世事紛紜，擾我以營營。
何妨清心？淡淡似白雲。
長自運行，空靈是心襟。
奮展身心，共彼雲飛行。
夜靜心清，又聽蟲蛙鳴。
天籟聲音，入我肺與心。
不必多云，只是一顆心。
白了兩鬢，依舊似水清。
保我童心，此是真良心。
更有性情，化入水與雲。
何須驚心？一任滄桑臨。
我心靜定，看透世紛紜。

三更清靜，余心清且明。
微吐心情，不必求人領。

週末心襟放

週末心襟放，意氣何軒昂。
天蒼地又廣，一任我飛翔。
初夏涼風爽，陽和布穹蒼。
寫詩心發燙，熱血奔且放。
平生磊落揚，壯歲懷遐方。
鳥囀宛且長，清心遠際望。
路上人行嚷，草野粉蝶翔。
處身雖塵壤，志向在遠長。
高歌一曲放，聲震雲天上。
俯身向下望，紅塵徒攘攘。
我心清且揚，未許名利妨。
此際心胸曠，宇宙包且藏。
心定多有閑，詩書舒心暢。
更發我衷腸，寫詩悠且揚。
一曲付誰賞？聊供白雲唱。
白雲共風翔，化外是吾鄉。

飛絮掠空

飛絮掠空，心緒正朦朧。
長自輕鬆，一效彼飛蓬。
運命窮通，誰能道其宗？
天青有風，願寄入蒼穹。
心有歌動，欲向雲中送。
我本英雄，志向高高聳。
未有成功，已近白頭翁。
詩意正湧，化入翩躚風。

落霞正紅

落霞正紅，宿鳥唱未窮。
晚風又動，心事不言中。
佇立從容，暮靄起朦朧。
榴花火紅，月季色勻濃。
青杏待紅，小桃成長中。
暑意漸濃，端午近重逢。
人聲真猛，車聲又囂動。
紅塵洶洶，卷起萬千重。
寫詩叩胸，清氣向碧空。
下筆輕鬆，短語有內容。
半生付風，感慨滿心胸。
未來隨風，揚長入雲中。

清歌一曲憑誰唱

清歌一曲憑誰唱？世事只余茫茫。
此際天陰暑氣彰，坐定容我思想。
人生長是行旅艱，誰不悲歎苦嘗？
又有幾人回頭望，檢點步履滄桑？
我勸先生抬眼放，前路煙雨蒼茫。
奮發人生向前闖，應許一路揚長。
高天之上真可望，鶴是向松鵰翔。
清心正氣自昂揚，恆向天地放曠。

薄霧浮漾

薄霧浮漾，空氣清而香。
路燈黃黃，四更蛙悠揚。
車聲偶響，絕無雞犬唱。
清夜和暢，開余真思想。
人生怎樣？情懷緣何長？
生命何向？身心如何彰？
大道萬方，妙用無極限。
端正思想，獨立學放曠。

一種情緒是綿長

一種情緒是綿長，此際又來逛。
耳畔靜聽鳴蛙唱，心地起清閒。
人生焉能不愁悵？為荷情萬方。
坐定發我真思想，曠古有憂傷。
世界紅塵是萬丈，光芒在何方？
一任白髮飄蒼蒼，吾心恆清狂。
懷玉何必窮途裝？卻有淚千行。
灑脫身心向雲航，高天任我上。
壯志真是不必講，言起也心傷。
少年已去付水殤，只餘天蒼黃。
此際五更天未亮，靜坐思緒長。
人間如何似天堂？誰也無法講。
心有燈光瑩瑩亮，照徹夜深長。
此是真光自天上，聖父親賜將。

人生苦旅艱而長，奔走多桑滄。
所賴心有點點光，智慧賴此長。
心事深邃無法講，點滴付詩行。
心內長流淚雙滂，知音何人向？
百年生死匆匆向，轉眼鬢已蒼。
更發宏志高聲響，依舊瀟而強。
靜聽蛙鳴四野唱，和氣天地漾。
中心百感起彷徨，何妨安且祥？
詩書持身心興長，有感必嗟唱。
即此一篇發演講，擱筆是為上。

散步徜徉

散步徜徉，又聞草野芳。
清興悠長，煙波碧又蕩。
晨鳥歌唱，月季石榴放。
小風清揚，淡淡有花香。
薄霧浮漾，紅日卻生長。
魚兒躍上，水面起細浪。
南湖風光，不盡變幻長。
牽余心向，晨昏常來逛。
初暑晨涼，遠足未嫌長。
不慌不忙，十里轉眼間。
心事定當，氣和有安祥。
詩興又張，一篇清輕放。

雀兒晨噪

雀兒晨噪，端午今日到。
四更起早，清詞誦得好。
平生笑傲，江湖許我瀟。
煙雨正好，寄我心逍遙。
晨靄緲緲，清風緩緩到。
靜坐思囂，萬丈紅塵拋。
不屈不撓，平生鬥志高。
前路縱遙，許我放馬跑。

人聲噪噪

人聲噪噪，紅塵只是鬧。
世界渺小，何不學逍遙？
蛙聲正好，詩情比天高。
夏蟲又叫，欲把暑意消。
假眠過了，精神分外好。
寫點詩兒，卻付誰去瞧？
未許稍驕，清平才是妙。
有時嘯傲，只是舒懷抱。

此時心閑

此時心閑，不想多思想。
且聽蛙唱，晨鳥綿蠻放。
腹有點脹，精神稍欠張。
情有點惘，淡淡起愁悵。
人生揚長，快意才剛強。
不必悲傷，抬眼望前方。
放出眼光，神采才飛揚。
定志遠方，步履須奔放。
應許情長，放飛水雲鄉。
不可放蕩，持正立人間。
東方漸亮，天陰恐雨降。
清風來揚，我心清而爽。

榴花似火放

榴花似火放，紅霞相當。
睹此余心向，觀賞久長。
百花俱開放，彼此爭長。
況有桃李長，喜氣洋洋。
詩意油然漲，意興飛揚。
提筆作詩章，一篇竟放。
陽光明且亮，燦爛輝煌。
余心亦同樣，熱血揚張。
青春雖已往，何必心傷？
白髮迎風揚，飄逸清朗。
初暑好時光，不熱不涼。
徐步應安祥，人生揚長。
心事不必講，放與風揚。
高歌應嘹亮，響徹人間。

只是心微傷，轉瞬之間。
情緒應奔放，飛向天上。

心情油然好

心情油然好，一時情瀟。
欣聽鳥鳴叫，我心飄遙。
閒暇正頗好，假日興高。
讀詩千篇少，妙悟其騷。
只是心事找，有時來到。
人生空笑傲，誰會不老？
兩鬢任其蕭，余心高蹈。
何處音樂囂？音聲刺耳。
人世多煩惱，拋掉最好。
只是情懷抱，傷心渺渺。
多言未必好，靜默惟妙。

須把樂趣找，自我逍遙。
生涯悲苦饒，難以大笑。
回首涕淚交，無言蕭蕭。
放眼長望道，山水正遙。
更應奮長跑，不屈不撓。

好歌應唱

好歌應唱，閑立生死場。
世態蕭涼，人情徒悲壯。
我心曠放，穹蒼真能上。
回首滄桑，心地起清悵。
風雨斜陽，獨對我心傷。
流年任往，不復少年揚。
何必心傷？且自去前方。
高歌嘹亮，志向共雲翔。

我心清涼

我心清涼，不准名利妨。
無欲志剛，生命煥而芳。
世事匆忙，紅塵揚萬丈。
誰有思想？誰發智慧光？
世態炎涼，都是瞎空忙。
何如清閒？山水有徜徉。
白雲過往，不留身影彰。
流水逝響，只是當時間。
道德彰揚，清芬播遐方。
學識顯放，詩有千篇唱。
志向縱昂，無奈鬢有蒼。
應留思想，長載詩章上。

清風來生

清風來生，蛙鼓正成陣。
散坐思深，靈程入幾分。
四更時分，夜靜無人聲。
車聲偶呈，映此夜深沉。
寫詩意逞，吐出襟三分。
蟲吟數聲，分外清又純。
不眠何論？散淡是人生。
功名無爭，余心且高澄。

痛處人生

痛處人生，憂患有幾分？
清心猶存，更向雲外奔。
名利損人，幾人能不爭？
淡泊怡生，只是無人審。
悠悠吾生，白髮漸已生。
壯志何論？漁樵會人生。
寫詩意誠，映出余人生。
淡淡心芬，付與風生成。

誰知我心

誰知我心？知音何處尋？
世界囂行，紅塵拋不盡。
心有淡定，任彼風濤運。
蛙語動情，引我起共鳴。
多說何憑？何不先寧靜？
任由風進，暗香自經營。
月夜微明，朦朧詩意盈。
一篇詩競，更有萬千情。

夜風和暢

夜風和暢，蛙聲不敵車囂響。
星漢明亮，五更早起路燈黃。
晨鳥又唱，吱吱喳喳舒而爽。
坐定思想，叵耐塵世太狂猖。
人心難量，大千世界是過場。
利名全放，只捧清心水雲間。
一心嚮往，淡蕩身心清輕揚。
直飛天上，萬里長空任我翔。

誰解智慧之根

誰解智慧之根？妙悟自心而生。
大道俗人難論，惟向靈心生成。
世界喧喧騰騰，真理無人理論。
俗小擾擾紛紛，只是肉體凡人。
鳥鳴宛轉清純，晨風吹我曠生。
心有萬言欲呈，只是無人會真。
東西文明交爭，正道邪教並存。
世人只是昏昏，誰解智慧之根？
時到自然有成，靜靜等候雲生。
會當驚雷生成，終有時雨降生。
真理自有光生，幽暗豈能長存？
堅持大道純正，是為智慧之根。

夜來相思不成眠

夜來相思不成眠，訴盡牽掛意。
終成詩篇也難寫，一片思念意。
人生自古苦暫短，知音共誰鳴？
大千世界紛萬象，殊途願同歸。
莫道萬里難相逢，緣分在其中。
今生誰共舞東風？笑指川蜀中。
蜀道終然存艱險，奮力能過關。
待登天梯回頭看，原也不算難。
愛情原是稀罕事，惟有兩心知。
冤家路窄狹路逢，難分彼與此。
願展春風萬里意，付與汝心知。
人生難得對明月，千里共嬋娟。
夜深人靜萬物眠，獨自對本心。
願寄東風傳萬里，一片相思情。

夜深莫道應消沉

夜深莫道應消沉，星光灑征程。
淡泊人生且從容，紅日正東升。
回首平生堪驚嗟，風雨滿征程。
激情歲月如川逝，苦無同路人。
展望前路吾多慮，倩誰伴征程？
一任舒卷是年輪，紅塵息紛紛。
隨意揮灑是人生，恩怨誰細論？
翻卷自如有雲層，學做有緣人。

詩篇憑誰裁

詩篇憑誰裁？化作相思淚。
苦無傳音者，孤壁獨自對。
佳人隔千里，思念何曾睡。
起坐但彷徨，惟垂相思淚。
淚也不成淚，心兒自沉迷。
誰憐苦戀者，此夜未成睡。
睡也難入睡，不睡又強睡。
未覺東方白，鳥語使心碎。

第十卷《隨意集》

序 言

《隨意集》之由來，何意耶？隨心所發，意出天真。必先清得心體，而後始得隨意，盡情揮灑，終入大道之鄉，是為未名之境；此余分別命名此書四卷次第為《清心集》、《隨意集》、《揮灑集》與《未名集》之依據與由來也。清心為先，立義最重；心體未清，焉敢隨意，恐墮惡趣；心體若清，則清氣自生，正意昂揚，發則以正，所思清純；隨意所至，合契天道；揮灑所及，盡解天地之心，妙合未名大道。是以立身之本，則自清心始，繼之隨意，能達揮灑，終有所成，其莫大之境界，吾未知其名，強為之名，名之曰未名。雖曰隨意，卻非隨大意，而是依乎純正，內有所本，外發為意；意者，天意也，此意通於義，合於義，故隨意者，隨義也。然義者何也？此又一難題，三言兩語一時也難講清；然吾不得不有所言之，深恐有人不識，而誤入歧途，則又余之罪也。夫義者，天地宇宙之心，是為大道於人心之體現者。義者，一點在上，為人之心體；乂字在下，乂者，有治理、安定之意；是以心體之本，必要體天地之大道，合乎道體，始能心有所安，心有所治。然何以治心？所本者甚？此意於第九卷《清心集》序言中已有所發揮，此處更不贅言。是以，一義既發，必有所本；立論之先，須得詳推。余之所願，惟望讀者能得清心，能有隨意，能發揮灑，能達未名無涯悠遠幽深玄妙大道之境，則人生必有所成；終為清貧，亦必雅達之士；妙悟天人三昧，深體天道，解得世態人心；靜澄所至，心存道體；發言所論，契合天心；此其為君子乎？為賢人乎？為聖人乎？為真人乎？吾不知其名，強為之名，是為義人。言不盡意，隨意發揮，此其隨意之旨乎？即此短言，是為序。

不盡人生意向彰

不盡人生意向彰，動地歌吟從心淌。
欣意長放共風航，自在由我舒心放。
淡定從容清心腸，謙卑何妨意志剛？
高天應有鸞鳳翔，未來風雨任狂猖。
定志未與世商量，奮闖前路鼓勇上。
瀟蕭人生何必傷？敢有雄圖宇外放。
小小寰球徒攘攘，眾生沉溺入死鄉。
名利從來骯又髒，染人清白變汙黃。
余心高蹈共雲放，清意恆向山水翔。
坐定何妨深思量？發我歌吟驚世腸。
宇宙真理遍地淌，清心雅意才能詳。
俗儒惟是記詩章，豈有化機靈思放？
天人大道吾何講？只余心地起清悵。
寫詩意有無窮放，不盡人生興味長。

我有真理宣講

我有真理宣講，卻向何處鳴放？
詩意中心蕩漾，激情燃燒心房。
人生百年艱蒼，轉眼只余蕭涼。
高歌一曲悲放，遏住行雲暢響。
天道是為至剛，人心盡都包藏。
中心雖有端詳，詩中難以言講。
世人徒是攘攘，紅塵囂其萬丈。
我心激越慨慷，意放穹蒼之上。
時有萬言欲暢，婉轉偶有情傷。
詩意多麼昂揚，世界應許晴朗。
真道四處宣講，信者必得其芳。
有言只是難放，中有萬轉柔腸。
情懷獨自暗傷，曠天孤鳥飛翔。
或許不言為上，書海容我長航。
中心有感收藏，倉中是有貯糧。
此際心事萬丈，豪情放達三江。

窗外鳥囀清揚，晴天萬里爽朗。
即此別過不講，言下之意稍彰。
長歎一聲心傷，擱筆佇看煙蒼。

心情平正

心情平正，長欲如水純。
人生何論？只是傷心神。
窗外風生，驕陽暑正蒸。
鳥鳴清純，車聲走陣陣。
意向何逞？散坐曠心生。
思想勿論，清白好做人。
心微生疼，痛楚是人生。
寫詩單純，願效白雲紛。

電閃雷鳴

電閃雷鳴，大雨堪驚心。
蛙鼓清映，聽著多含情。
四更不眠，枕上翻轉心。
雨聲交鳴，洗我身心靈。
清風不行，空氣卻清新。
靜坐無心，散思何處行？
一閃又映，悶雷串著行。
世界須醒，革故正鼎新。

雨打清狂

雨打清狂，余心卻安祥。
定定當當，生活該這樣。
不可狂猖，謹慎是為上。
風雨蒼黃，兩鬢染冰霜。
徒然心傷，回首淚千行。
應該揚長，效取蛙鼓暢。
又聽鳥唱，我心開且曠。
簷口雨響，聽來似歌唱。

心地起清悵

心地起清悵，有點蕭涼。
窗外雨打狂，一片交響。
幸有石榴放，如同火樣。
月季開安祥，多彩奔放。
只是心有傷，莫名惆悵。
更對煙雨茫，興起情惘。
梅雨將來訪，陰雨將長。
欣看杏轉黃，喜上眉間。

牽牛又放

牽牛又放，引我多欣賞。
合歡正暢，滿樹紅霞光。
天氣晴朗，石榴多奔放。
更有群芳，彼此鬥短長。
心襟瀟曠，筆下詩意暢。
激情昂揚，忘卻兩鬢霜。
應許揚長，學取鳥清揚。
嬌囀萬方，展翅向天放。

天晴日朗

天晴日朗，雀鳥長歌唱。
花開安祥，石榴紅紅放。
心想歌唱，情向詩中暢。
一篇悠揚，長若花兒放。
歲月任往，吾心惟淡蕩。
悠悠雲翔，去向何地方？
心境溫良，和藹笑有光。
漫步平康，閑入田園間。

激流猛進

激流猛進，必須鼓身心。
窗外鳥鳴，何妨靜靜聽？
風雨已停，斜陽正運行。
有點心驚，時間催人醒。
壯志均平，只沿正道行。
清心靜寧，雜訊耳不聽。
名利爭競，引人起賊情。
透過層雲，樵柴正可親。
直奔雲嶺，蒼鷹絕壁行。
高天曠心，鵬扇萬里雲。
隨意無垠，寰宇任我行。
暢思經行，清風伴白雲。
一點身心，展開是不盡。
回首心驚，山水艱深行。
放眼風雲，瀟灑有心襟。
人生靜定，攬盡風雨情。

長天萬里風雲會

長天萬里風雲會，晴和今加倍。
散坐曠望開心扉，悠悠鳥鳴翠。
靜定身心有思維，人生長難對。
壯歲回首驚心肺，揮手有淚垂。
吾今何言暢味回？言起或含悲。
須學大鳥向天射，雲外自在回。
只是此心終難對，深深悲喜滙。
應展長風奮雄飛，鵬程萬里會。

晨風妙發清揚

晨風妙發清揚，我心生出清涼。
世界一任囂猖，何妨激越慨慷？
定志是有嚮往，直上高天穹蒼。
不盡總屬思想，淡淡發出清光。
世路由其蒼涼，淡泊清貧何妨？
恆持清心向上，詩書人生馨芳。
有時激情高漲，發言嘹亮高揚。
即便低回之間，也有情緒綿長。
多情總易受傷，粗笨不解情腸。
細膩才有心芳，高潔不染汙髒。
晨風妙發清揚，余心淡蕩曠放。
長思共彼短想，一齊匯入心膛。
白雲自在流暢，蛙鼓匯成交響。
小鳥知我心腸，枝上綿蠻啼長。
紅日升起東方，朝霞更有萬丈。
隨意舒發暢想，即此短章獻上。

人生真是渺茫，心地時起艱蒼。
多言即便無妨，此處不想長揚。
即此別君過往，前路盡速奮闖。
高天白雲之上，許我放飛思想。
不盡心興難講，萬言一齊湧上。
激情似火奔放，燃燒余之心膛。
真的不再多講，言多恐有失陷。
堅決擱筆為上，祝君一路平康。

發漸蒼鬢漸老

發漸蒼鬢漸老，雄心依舊瀟。
逞遠志心興高，飄逸似雲逍。
學無窮未覺老，寫詩千篇少。
心得妙付誰瞧？書中稍言道。
修身心體高妙，想學蘭花草。
風吹來余心瀟，一曲暢懷抱。
歲月饒流水消，白髮任其飄。
甘為癡不敢傲，清心隨緣跑。
心有願還未了，萬里雄關道。
待長揚心帆高，渡過山水遙。
百年身艱蒼找，額紋知多少？
不言苦學鷹瀟，奮上絕壁高。
眾生倒名利擾，幾人存清逍？
紅塵囂萬丈高，群氓徒奔跑。

心高妙無人曉，恆守清貧道。
願寫書把心掏，付與後儕饒。
更不言即此了，天高雲飛飄。
心清定悠悠好，淡淡舒懷抱。
生有涯情難拋，知音世上少。
流水響曲清高，獨立有風騷。

鳴蛙清響

鳴蛙清響，是否含思想？
世態炎涼，徒是猖與狂。
清夜思放，不眠精神彰。
好自長揚，悠悠心兒閑。
三更遊逛，無有人聲講。
車行囂張，引擎噪噪唱。
坐定思想，淡淡思緒放。
詩意清爽，誦之應清腸。

不眠我長想

不眠我長想，思緒清揚。
人生淡淡芳，中心妙放。
一任鬢初霜，不事張揚。
目透清勁光，穿越迷障。
世界有真相，向誰演講？
中心未彷徨，因荷理想。
定志往前闖，何懼艱蒼？
山高水又長，長揚帆航。
瀟蕭心襟涼，度過滄桑。
一曲中心放，天蒼地茫。
此際蛙清揚，妙曲和唱。
不眠我長想，鑄就華章。

雀鳥歌成陣

雀鳥歌成陣，欲訴心聲。
誰能比鳥正？心比水純。
大霧時正生，誰秉心燈？
紅塵自紛紛，共誰細論？
清心走人生，放飛精神。
回憶我青春，瀟蕭風生。
心事深又沉，波起層層。
不盡是人生，曠放真醇。
積澱有幾深？不惑人生。
天命遵未遵？煙霞生成。
窗外正陰沉，小風清純。
靜坐有情芬，清雅人生。

心事平正

心事平正，瀟逍走人生。
靜坐思深，一任暑意騰。
風來曠生，灑脫有精神。
寫詩意逞，難言世情紛。
不惑吾生，覽盡風雲奔。
長展心神，書寫真平生。
回憶青春，只餘雙淚痕。
歲月馳奔，求取智慧生。
應秉心燈，照見前路程。
曠野風生，風景無限逞。
奮發人生，不畏山水深。
雄心猶逞，風雨須兼程。
刀山何論？壯志沖天盛。
火海難逞，克敵能致勝。

吾秉心燈，照徹夜深沉。
智慧人生，圓明似月逞。
坎坷勿論，閱盡秋與春。
暑熱寒深，只是添精神。
不必多問，人生須沉穩。
言多無成，應自行深深。
風雨晨昏，誰伴我平生？
輾轉人生，孤寂入幾分？
只是思深，吐出只三分。
詩意人生，學取雲飛奔。

天道有常

天道有常，世人難品嘗。
人世惟艱，行旅步滄桑。
我心暢想，清夜共蛙唱。
和風清揚，舒我真心腸。
應自長揚，不惑心襟放。
天命隱藏，輕易不肯彰。
清心去想，識得天地蒼。
俯仰之間，真機處處放。

一夜雷放

一夜雷放，暴雨下狂猖。
晨起蛙揚，清風徐來暢。
鳥鳴清爽，靜坐懷思想。
天地之間，和諧有安祥。
誰主其放？誰執機與亡？
世界茫茫，大道其中藏。
天父真光，照徹遍穹蒼。
心燈點亮，務辨方與向。
未須匆忙，行路應定當。
奮力敢闖，展翅曠飛翔。
梅雨正當，天陰如斯放。
鳥飛揚長，人生應同樣。
布穀聲唱，劃破田野上。
空氣清香，長吸肺腑間。
梔子花放，潔白綻清芳。
芭蕉生長，雨打傷未傷？

順從聖靈引導

順從聖靈引導，弘揚耶穌真道。
絲毫不可驕傲，心中恆常禱告。
世界是有妙道，只是少人知曉。
清心直著尋找，天父必賜奧妙。
真理高聲呼叫，聾人不能聽到。
義人切心求告，靈光自天映照。
清風吹來真好，夜色和祥微妙。
蛙鼓均勻正敲，神恩無限臨照。
虛心才有福到，正義合乎天道。
人生雖然渺小，智慧應許玄妙。
百年滄桑難道，白髮向風而拋。
回首應該明曉，一路蒙神恩照。
順從聖靈引導，心中明白真道。
仰望天國豐饒，希冀神之榮耀。

努力奮發尋找，恆求真光映照。
人生路上行好，揚長向天飛逍。
心境無限美好，因有神之光照。
明白人生正道，不受邪風侵擾。
祝君一路行好，靈程路上飛跑。
更上雲天回瞧，世界遠遠盡拋。
突破時空籠罩，靈程無比美妙。
心地甘甜美好，皆因神恩沁竅。
末時終將來到，號角吹出勁道。
轉眼天地解消，聖城已然建好。
樂園無限美妙，靈歌唱出風騷。
聖徒列隊環繞，讚美歌唱聲高。
從此無有魔擾，福界康樂奇妙。
生命永遠不凋，靈性恆久培造。

榴花火紅

榴花火紅，心地頗輕鬆。
清風來動，一點詩心萌。
我心從容，放曠我心胸。
鳥語無窮，聽來有感動。
世事如風，轉眼暑意重。
春去無蹤，一如水流東。
無言在胸，萬語焉能窮？
人生匆匆，白髮添加中。

晨鳥交響

晨鳥交響，五更天初亮。
心興長揚，一篇詩又放。
人生漫長，只餘兩鬢霜。
抬眼長望，前路風雨狂。
心定乘涼，風波任其放。
我只休閒，一路清輕唱。
不惑心膛，窺得天命長。
轉思回想，人生應奔放。
放膽去闖，迎著困難上。
刀山何妨？鐵鞋備三雙。
天陰無妨，會有紅太陽。
放出真光，照徹人心亮。
此際心放，熱血有囂張。
書出心腸，洗滌清又爽。
人生難講，百感俱來翔。
且聽鳥唱，溶入天地間。

靈動真美

靈動真美，全無煙火味。
蛙鳴鳥脆，天然有趣味。
笑意長對，梅雨一任飛。
清風來會，我心開加倍。
吾心清粹，長與雲相會。
淡定是美，會解身與慧。
不敢自吹，謙卑須加倍。
學海味回，一生放舟飛。

只是情懷又彰

只是情懷又彰，心事共誰奔放？
一曲天籟從心唱，天地正氣揚。
人生只是情長，轉眼白頭相向。
不盡天地正茫茫，回思有餘傷。
坎坷何必不忘？心事更應揚長。
抬眼放曠雲外望，煙雨瀟又蒼。
淡定生涯獨唱，寫詩傾出心香。
好鳥雄飛萬里長，從不回頭望。
我願一生平常，守定清新心腸。
不容名利相擾攘，漁樵清輕唱。
暇時誦讀詩行，世界一篇文章。
揮灑雄才自無量，天地更滄桑。
情懷好自舒揚，不盡是我柔腸。
此際神思如鳳翔，妙悟在心鄉。

高歌不必嘹亮，低吟更放馨芳。
世界人生貴造創，開天闢地間。

心胸應許更放

心胸應許更放，天地裝在心間。
正氣從來多昂藏，不言自奔放。
放飛激情理想，高歌聲達穹蒼。
人生應能多造創，天父指方向。
大道不言自航，世人難解其詳。
清心妙會有思想，詩中稍稍講。
世界由其蒼黃，我只獨守心腸。
明日自是有希望，中心有真光。
奮發必須向上，行走任其艱蒼。
蟬鳴鼓噪不足彷，低調寫文章。
我心自有清光，洞見宇宙真相。

努力奮行克艱創，前路漫又長。
應能放飛夢想，心襟長自昂揚。
高飛效取白鶴翔，直上青松岡。
多言或不應當，即此打住無妨。
勸君深思用清腸，明白又放光。

紫薇開得真美

紫薇開得真美，嬌美只能意會。
夏來暑意正催，此花暢開美麗。
我欲共風放飛，長遊雲外風味。
世界難辭難對，叫我百思味回。
好自心襟純粹，理想激情雄射。
放出光芒加倍，照徹世界明媚。
午後陽光熾射，世人躲在房裡。
何不內視心扉？改換心靈悔罪？
多雲何人意會？獨立對風展眉。
瀟逍人生面對，百轉千思縈回。
立志向前不退，鼓勇展翅奮飛。
天父世界美麗，勝過紫薇萬倍。

第十一卷《揮灑集》

序言

隨意之發，是為揮灑。然揮灑與隨意有何區別，汝在此另列一卷？此不得不有所解釋也。清心既始，繼而隨意，而能揮灑，終至未名之境，此層次境界之別也。隨意之萌，必秉清心，而能生發天機，隨心所欲，意達化境，其隨意之意境，稱之曰揮灑，可矣。是以，揮灑之境界，有蕭灑盡興之意，更有淋漓酣暢之味，此未可易達之境界也。心意之揮，必攜灑脫，有呼風喚雨之功，盡回春妙手之力，體天人合一之境界，而有創新辟境之氣概也。然揮灑者，有自如之象，一如長袖善舞，盡展柔曼之功，而有舉重若輕之謂，未可過與不及也；是以，揮灑之餘，必吞吐有致，因時生發，妙用天機，審之在心，用之合時，雖秉隨意之旨，而無任性之意，其妙曼之境，非聖人君子、碩學大儒，孰能會之？是以，揮灑之意，甚難言也。而揮灑之至，莫可測度，窮鬼神造化之功，體宇宙生生之道，吾莫知其名，強為之名，是為未名之境，此下一卷《未名集》之由來也。雖然，《揮灑集》中所論，不過《隨意集》之繼續與發揮及昇華，汝何必說得如此玄妙，不怕吹掉大牙，為天下智者所笑乎？誠然，人皆有自知之明，必秉謙和之心，當常思己之不足，學問始可進步；余之如此言法，不過體求道進學之次第，而於讀者有所啟迪也；一如五穀之長，必始於播種，而繼之以出芽生長，發展壯大，結穗灌漿，終至收穫有成也；又若樹木之長，始於幼苗，而次第成長，終成參天之大樹，為棟樑之材具也；是以，天下事，理同一也。余學淺知陋，常不如人，此余自知，亦時時自警自惕也；然一管之見，欲爭鳴於天下，向學之心，欲求教於達者，此天下學人之共識也；是以，斗膽之余，有此《揮灑集》之問世。余之所認為揮灑者，或為智者所不齒，以為不足為道，難以登堂入室，不入大雅之途，則余秉求教之心，希冀天下學者有以教我，心懷感激不盡之意也。余在此再次呼籲，願與同道切磋，懇求學者教我，以共求學思之進步，而同窺天人之大道，裨有益人生之進步也。余生也短，余知也少，莫可奈何，惟長嗟而已。書於此，是以為序。

世事莫道有分定

世事莫道有分定，早起三光是古訓。
遲起三慌有前因，自作自受分又明。
少壯務須奮發行，老來徒嗟餘悲鳴。
未雨綢繆願君循，惜時如金一生勤。
春播及時未可停，秋來收穫豐收情。
平常維護務警醒，蟲害澇旱均須屏。
平生最敬布穀勤，半夜三更猶飛鳴。
勸君效彼一生行，應有康樂非常尋。
詩意長髮終有盡，感慨寸寸驚身心。
追念先祖澆德行，後輩受用蒙恩情。
人生百年匆匆進，一生奮發務須勤。
壯歲回首多風雲，長望更許揚帆行。
晨起陽光分而明，身心明媚放歌吟。
即此擱筆不再云，意深猶自有餘情。
生涯無盡似水行，時光逝去未可尋。
奮發人生務警醒，早起三光切遵行。

妙悟中心無言詞

妙悟中心無言詞，混沌守得天之機。
慎防豺狼巧言至，清心識得真假辭。
散步人生緩行時，沿途風景遍覽茲。
回首長餘心痛事，何不展眼萬里馳？
身心靜定如井似，因緣合至長展翅。
瀟逍心襟快慰至，一篇又放清雅詞。
不求名利淡定是，山野樵柴是吾師。
吟詩何必世人知？願共白雲悠悠駛。

心興長起嗟天時

心興長起嗟天時，丈夫意志豪雄至。
天暑未可稍躁之，坐定對風梳心池。
人生由來艱深馳，放曠覽得雲霞駛。
長放望眼穿雲剌，世界正道滄桑茲。
無語沉吟中心事，激情流瀉身心寫。
噪聲一任狂無比，正氣干雲誰擋茲？
奮展心襟搏浪駛，凝神定志天國馳。
百年生死瞬間事，應書大寫一人字。

只是我心昂揚

只是我心昂揚，歲月一任奔放。
每日喜氣洋洋，恆把天國仰望。
人生任起波浪，行走何其安祥。
心中恆有陽光，因有天父賜將。
前路一任風狂，轉舵揚帆長航。
天國直接要上，步履激越慨慷。
此際夕陽正放，暮色晚風清涼。
我心長起歌唱，要把天父頌揚。
清心正意暢想，雅思良意清揚。
世界妙悟心鄉，靈性發出真光。
奮力開闢遠方，展翅向天飛翔。
時空無礙思想，靈恩降自天堂。

正邪相搏擊

猶記少時，嘗讀一書，書中云：「正不容邪，邪複妒正，陰陽相搏，其血玄黃。」余印象深刻，至今記憶猶新。今思及此，深有感焉，因以詩題。

正邪相搏擊，流出玄黃血。
世界有對立，陰陽兩分裂。
和合雖為一，矛盾永成立。
扶正祛邪必，正氣天助及。
吾生深感及，大道玄而密。
敬遵天意藉，不敢稍違及。
人意縱橫立，真理簡而悅。
願君深體歷，妙用無有極。
慧眼能中的，靈心感微跡。
正氣終當立，充盈天地必。
多言或不必，狂語不敢曰。
玄機在人閱，天道深無極。
警心時時惕，臨淵恐失立。
人生同此一，持正慎行曰。
未來如何越？大道無終的。
體道余心悅，正氣天佑必。

兩軍對敵鏖戰凶

兩軍對敵鏖戰凶，克敵制勝務從容。
正氣揚時邪必窮，善若鬆時惡必攻。
所賴天父賜恩重，我主領兵勝魔凶。
天道彰顯妙無窮，聖靈作功玄而通。
天路歷程非易容，考驗艱深時時動。
羔羊奮發向前衝，靈程路上高歌猛。
大牧導引有妙用，救贖選民進行中。
末時將至雷當動，天地震動遍蒼穹。
聖城自當立而聳，選民進入永生盟。
從此不再有苦痛，靈歌和唱無盡窮。
吾思及此淚雙湧，感謝天父恩深重。
晨起鳥啼清脆動，清風暢來和氣萌。
一篇詩罷靈思聳，妙會紛來意無窮。
人生貴在靈性用，即此小詩付君誦。
東方霞起萬千重，紅日待長從容中。
我心為之深感動，敬拜天父創世功。

藍天白雲多爛漫

藍天白雲多爛漫，心襟真好看。
此際晨鳥歌聲歡，紅日東升燦。
世事一任瀟逍曼，何妨逐波泛？
灑脫襟懷共風翻，閑與漁樵談。
不准利名繞與纏，放飛向霄漢。
高歌一曲天地顫，英雄懷抱展。
清風長來我心安，放眼透煙嵐。
壯歲激情起波瀾，揚起浪千番。
長想駕舟江湖泛，煙霞多浪漫。
更想展翅出塵寰，鵬翼萬里扇。
不必多言何妨安？捧本書來看。
閒時寫詩自己看，淡定持心坎。
人生只餘煙與漢，兩鬢蒼蒼斑。
徐步安祥帶笑眼，一路風景看。

歲月荏苒余心安，詩書人生談。
雅心養得菊與蘭，心比雲天淡。

想與風談

想與風談，襟懷共風展。
想學雲翻，逸興長揚帆。
世界妙曼，大道運其善。
人生短暫，百年一轉眼。
此際心淡，飄逸且安然。
蟬卻高喊，全不懂浪漫。
發詩清淡，一曲和而緩。
卻向誰彈？心音裊娜顫。

晚風清涼

晚風清涼，我有真思想。
蛙鼓來揚，引我心舒暢。
寫詩清揚，何必人來賞？
蟲正吟唱，天籟柔而芳。
坐定心爽，書出真意向。
淡淡舒揚，一如幽蘭芳。
蚊來歌唱，叮人真狂猖。
世界同樣，總有庸人攘。

我心空靈

我心空靈，蹤跡不可尋。
清揚有音，長是世外信。
心有激情，放曠萬里雲。
更有騷心，寫詩不盡吟。
小有才情，不敢自誇矜。
長有童心，天然流水清。
此際蛙鳴，鼓我心與靈。
暢發身心，短詩舒而勻。

夜色晴好

夜色晴好，蛙鼓均勻敲。
小風清繞，詩人心情瀟。
蟲聲正俏，布穀偶爾叫。
華燈不老，路上車鳴囂。
世界真好，人生百年騷。
詩意來了，一篇發妖嬈。
清坐興高，灑脫是懷抱。
不求名曉，不准利來擾。
三更犬叫，遠聞聽來遙。
夜黑星高，偶有人聲渺。
情懷不老，不惑心猶俏。
還似年少，想去遠方瞧。
心兒志高，欲比鷹飛瀟。
白鶴最好，能載我逍遙。
百思纏繞，綿綿是懷抱。
塵緣未了，獨對夜晴好。

人生未易道

人生未易道，風雨飄搖。
不惑回頭瞧，心態猶饒。
瀟遙向山道，學取鷹跑。
更當似鶴逍，雲外飛飄。
不許亂懷抱，不許塵擾。
只是緣來找，難辭難惱。
清心格才高，求取遙逍。
何妨聽蟲叫？還有蛙敲。
靜定心態逍，似風輕飄。
晴夜星光遙，靈性閃照。
四更又來了，精神頗好。
詩興無法道，長髮風騷。

歲月又放狂猖

歲月又放狂猖，浮生只是匆忙。
暇時應能思想，人生去向何方？
前路山水漫長，時有狂風巨浪。
我心長是安祥，江湖煙雨放浪。
天暑心有清涼，淡泊不起炎猖。
放眼天際長望，只餘煙靄茫茫。
鳥鳴清脆歡暢，我心鎮定安康。
周日一曲清放，共君人生揚長。

曾記少時吟鳴蟬

曾記少時吟鳴蟬，說是此物最刁蠻。
而今中年展青眼，覺得此物厚且憨。
清鳴不顧疲憊纏，長嘶為報天晴安。
蛻殼為求納新衫，舊身留作藥材善。

散步閑行

散步閑行，穿花度柳徑。
天氣未晴，有鳥正飛行。
晨風均平，洗滌我身心。
心起空靈，悟得天地情。
湖水不清，波光不分明。
黃蕉開屏，燦爛飽風情。
草野青青，晨練人熙行。
歸來盡興，有汗微微沁。

風雨急

風雨急，驚心如傾似跌。
蛙鳴悅，欣聽清心飄逸。
何所曰？任其風狂雨襲。
人生閱，何懼險惡如血？
心似鐵，踏遍山水遊歷。
歸來悅，世界如此一頁。
天若缺，東南支起柱鐵。
奮心力，書寫時代新頁。

雨停風歇

雨停風歇，只餘一絲半滴。
落紅似泣，一地如此狼藉。
推窗深吸，空氣清新無極。
鳥飛正急，雲飛向東歷歷。
蛙鳴親切，路上車聲噪襲。
小風飄逸，引我心緒清越。
詩興清逸，更作新詩迅捷。
世界業績，憑誰創造新頁？

晨起氤氳正生

晨起氤氳正生，雀噪聽來也純。
清風舒發爽心神，一篇短詩又成。
人生何必重論？風雨是我平生。
回首青春已飛奔，雙鬢只餘霜逞。
世界紅塵紛紛，飛舞萬丈升騰。
靜定心事未沉淪，卻有慧眼生成。
透過世事繽紛，名利勿足細論。
由來天意捉弄人，英雄荒塚憩身。
時雨又來生成，耳畔盡是雨聲。
梅雨恆是纏綿身，廉纖悠悠長逞。
世界由來亂奔，此際蛙鼓清澄。
定定當當走人生，風雨由天生成。
哀怨不必聲聲，灑脫才是人生。
智慧注入在平生，日用有道正逞。

心念百姓蒼生，心意向天難呈。
獨向詩中透幾分，蒼茫天地混沌。
正氣從天降生，人心也有生成。
豪情幹氣出雲層，心思共誰細論？
蒼莽是我人生，高歌一曲生成。
奮展身心欲飛騰，九天直上風生。
天父創世功成，人生蒙福良深。
天國才是真旅程，世界暫且憩身。
高飛直上天城，樂園才有永生。
脫去塵世皮囊身，靈魂向上飛騰。
即此不擬細論，聖經早有明證。
勸君奉讀識人生，真理更待細論。
慷慨直奔前程，靈程路上發奮。
百年生死匆匆身，時間不肯等人。
天路窄小難奔，考驗重關紛呈。
慎戒人生智慧生，洗滌靈性清純。
天父妙手回春，世界通向天城。
救贖之恩正顯逞，勸君盡速前奔。

清風送來涼爽

清風送來涼爽，心境倍加舒暢。
且聽小鳥鳴且唱，天地一曲清揚。
人生百倍情長，晨昏偶有心傷。
壯歲不由回頭望，煙水惟餘茫茫。
世界如此躁狂，心襟只是雄壯。
長想高飛又遠航，飛向心中天堂。
淡淡有點愁悵，更應抬眼長望。
天際煙靄緲且茫，有鳥飛過青蒼。

此際陽光又放

此際陽光又放，蟬鳴悠悠揚揚。
清風吹來我心暢，午後散坐放曠。
暑意總屬燥狂，人心必須定當。
名利焉能容其妨？心中須有清涼。
除去心地穢髒，靈性發出清光。
照徹世界亮堂堂，光明普照太陽。
和軟身心清揚，寫詩傾出情腸。
不求世人頌且揚，幽蘭吐出清芳。
淡淡走過滄桑，揮手劃過巨創。
而今身心健且康，人生容我揚長。
心中激情奔放，亦有兒女情長。
只是詩中不太講，含蓄心中收藏。
有時熱情迸放，恰似紅紅太陽。
光芒熾熱照世上，有人驚懼張惶。
此際心地清閒，所發長似風揚。
妙放心香出胸膛，希冀有人難忘。

檢點心靈最為上

檢點心靈最為上，道德修養無止疆。
人生百年未為長，克己清心似蘭芳。
秋菊不求華麗裝，瘦骨原推松幹強。
梅花長伴霜雪放，綠竹清新勁且剛。
白鶴恆向雲外翔，隱士解得真陰陽。
世界碌小無法講，一生忙在名利場。
書罷此詩余心傷，總有愚人夢黃粱。
窗外蟬鳴悠悠唱，哪知詩人心與腸？

不可沾沾自喜

不可沾沾自喜，一生謙卑是宜。
人生百年如馳，轉眼兩鬢蒼至。
道德追求不止，學問無有盡期。
心靈心境清持，一如碧水芳池。
好自為之行止，做人厚重才是。
清平必有福祉，灑脫瀟逍雲似。
淡定從容不馳，名利屏卻為宜。
閒時應觀雲駛，悠悠養得心頤。
不可自恃心機，最貴應是無機。
大道妙用無期，持心正直才宜。
應能內視心機，真光由此生啟。
切莫等閒視之，敬修福德無止。

定定當當

定定當當，不使心襟搖晃。
我有思想，不必急著發揚。
小事一樁，名利只是空忙。
應享清閒，人生容我揚長。
瀟逍風涼，卻是來自心房。
真理之光，從容照徹世間。
不必心傷，人生就是這樣。
應許長望，風景更在遠方。
山高水長，立志刀山敢闖。
風雨煙蒼，慧眼識得路長。
百年艱蒼，放眼天地玄黃。
心懷理想，步履堅定平康。

立志剛強

立志剛強，行旅穿越滄桑。
放眼長望，天國入我心間。
半生已往，我生何懼夕陽？
清風正暢，揮手拂得煙蒼。
有蟬正唱，悠悠無有止疆。
寫詩興長，一篇如水流淌。
不可躁狂，寧靜保得心康。
清心滌腸，應許靈性放光。

悶熱又放

悶熱又放，風吹樹葉沙沙響。
晨蟬噪狂，心地一點不清涼。
恐有雨降，天陰恰似如斯樣。
有鳥鳴唱，開我心襟三分暢。
應持清閒，人間何事須奔忙？
悠悠神漾，靜坐寫詩舒心腸。
質樸無妨，須講真話和軟放。
情懷稍彰，文章氣概天驚惶。

清風暢來開懷抱

清風暢來開懷抱，出門看得閒花草。
紫薇開得俊又俏，石榴果實青且饒。
何處亂把塑料燒？空氣怪味刺鼻竅。
環境意識須提高，群氓亂搞務必消。
天工開物玄且妙，生態平衡奇又巧。
悲哉眾生不通曉，瞎搞致使污染找。
百孔千瘡不忍瞧，身心體歷悲而焦。
仰天長歎何所道？自毀家園惹禍到。
天若有靈必怒嚎，鬼神憤展手中刀。
不消子孫無靈竅，物欲猖獗熏天高。
余寫此詩悲憤饒，一發長比風雨暴。
希冀天開霹靂炮，震懾世人返正道。
天人合一務遵照，步履平康豐且饒。
殺雞取卵把孽造，揠苗助長蠢無二。
經濟發展固須保，環境保護實重要。
不可只為政績高，犧牲環境走險道。
留下欠債比山高，後代子孫罵聲饒。
務須放眼遠處瞧，鼠目寸光實屬孬。
即此一篇傾心造，更望世人驚且曉。
天人大道深叩找，人類才入平康道。
國泰民安無奧竅，天人和諧是機要。
發揚靈明行正道，天佑人和無上饒。
暑意熏人容易躁，清心才能開靈竅。
靜定余心起瀟騷，長對暮天嗟歎浩。

玉蟾澄清

玉蟾澄清，天地明又淨。
心地爽靈，詩意曠然行。
三更均平，眾生入睡眠。
仍有噪音，路上車轟鳴。
靜聽蟲吟，清得靈與心。
蛙鼓又鳴，天籟和又勻。
我心空靈，映得天地情。
寫詩清新，誦之香應噙。

久陰天放

久陰天放，陽光燦無當。
群蟬鳴唱，鳥語伴其放。
心起激昂，欲向詩徜徉。
放眼長望，雲天高且曠。
風來清涼，暑意不敢彰。
花草有芳，石榴果青黃。
清興悠揚，與風欲比長。
心襟爽朗，笑意盈臉上。

四更枕上聽蟲鳴

四更枕上聽蟲鳴，悠悠好清心。
起來寫詩吐心清，不敢比蟲吟。
蛙鼓時正敲得勻，襯得夜溫馨。
歲月如此放與行，令人舒心情。
夜風拂來清又新，靜坐心安寧。
詩意興起和又平，發語淡而均。
平生長羨幽蘭清，雅潔又空靈。
希冀我詩有清新，漱出靈與心。
此際心有萬千情，只是無人領。
清夜獨坐起孤零，長聽蟲清吟。
世事難言又難行，心慕彼行雲。
放曠身心憑與臨，滄桑經與行。
一點身心言不盡，長訴與誰聽？
蟲蛙只顧鼓與吟，不能明我心。
浩歌長髮終須停，不盡是心情。
即此一篇訴心靈，四更夜清明。

心起蒼翠

心起蒼翠，吐出是芳菲。
人生味回，苦痛化蝶飛。
笑臉面對，風浪多興會。
不惑年歲，從容步履歸。
胸襟純粹，放聲遏雲飛。
有時低回，獨自叩心扉。
展眼揚眉，願效雲鶴飛。
蟬噪無味，不必多理會。

不可好大喜功

不可好大喜功，奢望容易落空。
須知四大皆空，因果循環無窮。
吹噓只是邪風，實幹才能成功。
大而無當孬種，腳踏實地英雄。
定志刻苦用功，時到會有效用。
春時務必播種，夏秋終收豐隆。
百年樹人從容，著急毫無功用。
勸君一生奮勇，終將脫出平庸。
時勢創造英雄，有備機遇才通。
平時甘守凡庸，時到自成豪雄。
多言未必有功，點穴貴在妙用。
蟬噪終日何用？為人莫效此種。

陽光燦爛

陽光燦爛，心地未起瀾。
和平妥安，何必叫又喊？
蟬正清談，鎮日不嫌煩。
風來輕扇，靜坐捧書看。
與人為善，福報早或晚。
立身清淡，名利不必談。
週日懶散，心襟開又坦。
寫詩閒談，更不必多喊。

心襟散淡

心襟散淡，所思在雲漢。
身在塵寰，不妄充好漢。
閑聽蟬喊，不解其機關。
心不起瀾，無思亦無憾。
人生漫漫，勞我以慘澹。
回頭觀看，只餘兩鬢斑。
情意休談，風物放眼看。
雲飛妙曼，蒼煙淡又淡。

蛙鼓酣暢

蛙鼓酣暢，倒海又翻江。
蟲吟偶唱，清心又滌腸。
四更清長，心地涼又爽。
起來上網，激起千重浪。
何思何想？何存何又亡？
何物為上？何事縈心膛？
身心清揚，妙言似水放。
地久天長，天人合無間。

世界變化迅如飛

世界變化迅如飛，清心以面對。
布穀聲聲啼傷悲，何不展眼眉？
晨起清風盡情吹，我心大放飛。
天陰何懼雨來會？今日已出梅。
高歌一曲遏雲飛，情與多麼美。
揮灑心襟真純粹，瀟逍共鳥飛。
體道餘心入細微，感悟在心扉。
吟詩應有清新味，希冀人領會。

鳥鳴脆

鳥鳴脆，啼得芳與菲。
無人會，誰解其深味？
人卑微，清貧獨自對。
心放飛，長共雲同醉。
叩心扉，每與漁樵會。
入翠微，群巒蒼煙迷。
時事飛，何妨靜以對？
斑鬢會，詩具滄桑味。

不由自主長想

不由自主長想，天地充滿靈光。
只是少人尋訪，大道寂寞孤芳。
此際鳥兒歌唱，陽光燦爛明爽。
我心清靜溫良，一曲心旋流淌。
蟬鳴一片交響，午後清風來暢。
坐定寫詩悠閒，情興長向天放。
何必回頭張望，目光應視前方。
任從山高水長，腳下步履平康。
理想激情放光，眼目明淨清亮。
心靈有火點旺，照見前路遠長。
有志不在長講，貴在實幹向上。
放飛理想翅膀，直入穹霄宇蒼。
淡淡一曲清揚，火熱激情奔放。
世界任其狂蕩，乾坤正氣昂揚。
去除名利擾攘，清心映出天良。
天地由我蕩闖，辟出新的路向。
天路任其艱長，萬水千山何妨？
靈魂清潔明亮，一路奔向天堂。
靈思靈命增長，魔敵無法阻擋。
待到天國回望，世界只是骯髒。
新天新地開創，聖城潔淨之鄉。
得救潔白羔羊，讚歌永恆歡唱。
即此不再多講，願君明於心膛。
更祝一路長揚，直接飛向天堂。

鳥鳴長是歡暢

鳥鳴長是歡暢，引人心神嚮往。
只是為身所障，不能展翅飛翔。
心襟長是奔放，希冀放飛理想。
心中火熱情腸，渴望東流奔淌。
天空多麼明朗，世界行走匆忙。
青春熱血迸張，高歌遏雲清亮。
不能緩步安祥，應許奔跑揚長。
天地任我闖蕩，宇宙何其巨廣！
上天入地何妨？妙道由我探訪。
心靈發出清光，照徹幽暗之疆。
心如鳥兒飛翔，越過時空之限。
新天新地辟創，人間會成天堂。
高天不能阻擋，大海正好帆揚。
激情向天高放，會當奏凱疆場。
殺敵自是悲壯，魔敵全被克光。
聖徒永恆歌唱，聖城存至永長。

缺醫少藥堪愁悵

猶記童時，余之家鄉江蘇省濱海縣風俗，民間每遇家中新生嬰兒夜間啼哭不肯睡覺者，即在大街之上，廣貼紅紙帖子，其上書云：「天皇皇，地皇皇，我家有個夜啼郎，過路君子念七遍，一覺睡到大天光。」當時人因缺乏醫學知識，故如此做法，其不會靈驗固可想而知矣。時代變遷，忽忽不覺間已三、四十年過去；現在醫學進步發達，無人會有此想此念及此種作法；是以民俗之變遷，不覺間顯然矣。余思及此事，有感而賦詩焉。

缺醫少藥堪愁悵，希冀妙法顯靈光。
醫學進步知識長，嬰兒安眠有保障。
歲月流逝如川往，回首往事淚潸長。
不覺兩鬢染雪霜，童年煙雲余蒼茫。
身心感慨嗟而傷，淡定人生容揚長。
好自為之共世放，隨緣應處是故鄉。
點滴舊事回憶長，蹉跎任由淚雙滂。
一篇作罷擱筆放，心事漫天共誰唱？

心地有揚長

心地有揚長，真想飛翔。
應向水雲間，求取清涼。
炎炎盛夏長，有苦難講。
人生百年艱，滋味飽嘗。
清風又來揚，其意甚爽。
詩意起狂猖，逸興奔放。
聽鳥正鳴唱，嬌囀無雙。
靜坐心意長，無名遠方。
一曲清新暢，情懷有彰。
遐思無止疆，出得世間。
蟬鳴正高亢，誰聽其唱？
世界囂而猖，眾生無閑。
清心持心膛，淡守平常。
不求利名響，漁樵是向。

緣起緣又放，一如潮漲。
月缺又圓間，人事同樣。
天人合一長，親密無間。
道德猶須講，盡力向上。
大道遍地放，幾人看望？
天久地又長，普度慈航。
長歎何必響？清心內向。
寫詩有所講，願人品嘗。
此際心轉蒼，放眼長望。
去向未名鄉，靈性清揚。

情懷向誰彰

情懷向誰彰？天際煙蒼。
獨立水雲間，瀟逍風涼。
難以不思想，總持夢長。
希冀展翅放，飛向遠方。
塵世好艱蒼，身心苦傷。
甘把十架扛，天路勇上。
炎暑何必講？小事一樁。
寒卻有梅放，冰潔清芳。
心事萬千長，難以言講。
寫詩吐滄桑，子規啼放。
世界噪噪響，群氓狂猖。
誰有真思想？指引迷航。
周日心安祥，靜坐思暢。
淡淡一曲放，共風清揚。

孤寂蘭吐芳，淡淡清香。
芭蕉清新放，風流無上。
心襟有舒揚，無遮無擋。
雲天任我翔，最愛奔放。
鳥囀清無雙，我心嚮往。
小詩難比長，擱筆為上。

暮色又蒼

暮色又蒼，夕陽紅複黃。
靜坐納涼，心清似水漾。
人生苦長，滋味難細講。
轉眼相向，只余滄與桑。
周日散閑，心地清輕放。
隨風飛揚，情緒向雲間。
何必情長？何處是故鄉？
定睛凝望，穿透達遐方。
車聲交響，躁聲狂而猖。
淡定揚長，不聽蟬兒唱。
我有清閒，整理我思想。
更賦詩章，吐出心中芳。
不求名揚，不求利來賞。
清貧何妨？詩意向雲翔。

心有天堂，塵世客旅間。
奮力向上，天國是故鄉。

放飛夢想

放飛夢想，突破時空障。
靈性清揚，玄妙不可講。
清心平康，映出真天良。
正直心腸，不容腐與髒。
時有狂想，要去雲之上。
天路艱蒼，吃苦深又長。
心有明光，是為靈之揚。
眼有清亮，識得世情詳。
瀟逍揚長，一效清風暢。
獨坐書房，寫詩過萬章。
不必怎樣，何必求名彰？
利是孽障，引人以喪亡。
展翅向上，鵬程萬里航。
回頭相望，世界無影彰。

靈性無疆，追求無盡長。
真道圓方，運轉宇宙間。

第十二卷《未名集》

序　言

未名之意，甚難言也。叩道始於《青蒼》，行路發則《雲帆》，迎難上有《鼓浪》，心態安獲《從容》；清心育得《蒼蘭》，瀟灑種有《綠竹》，風流時訪《芭蕉》，飄逸培出《楊柳》；修道必自《清心》，無機發出《隨意》，任性由其《揮灑》，妙悟達至《未名》。此一十二個次第，表人生進修之漸進步驟，而《未名》一卷，壓在最後，自有其深刻內涵，不能輕易言之也。然既已寫至《未名》之卷，吾不得不有所言，此未可回避之事也。是以，鼓勇之余，斗膽言之，不當之處，敬請海涵並有以教我，則感激不盡矣。夫大道無色無臭，深不可測，似無涯之淵，而運用靈妙，有造化之功，含生生之理，余深敬畏；雖秉小識，得推知一二；一管之見，不能攬泰山之雄偉；窺斑測豹，難識豪雄之全體；一似盲人摸象，不能獲完整之情況；又如近視之人，難得真實明晰之遠像也；是以，吾難以定名大道，而求學之士，不能不以叩道求知為指向，此未可回避之問題也，故余強為之言，名其大道幽深靈妙之境為「未名」，此《未名集》之由來也。老子五千言問道辨難，垂之不朽，而兩千五百年來，東西聖哲，於學問之真諦，大道之流衍，深有探究，惜少有通者，能貫通古今中外、東西哲學與宗教；學識秉貫通之旨，大道有流變之實，近世以來，知識爆炸，而學科門類之分衍，愈演愈烈，分割解析，致學者視野狹窄，不能登堂入室，難窺大道之全體；余深悲之。時處二十一世紀之現代，矯枉過正，不可不有所為也。是以，余雖不敏，頗志於學，欲叩求大道之本原，敢發一子之拙見；欲爭鳴於天下，冀通人之教我；拋磚引玉，此其大旨；同叩大道，是為余心。人為天地宇宙之精靈，屬造物之寵兒，是萬類之靈長；是以，當生之時，必秉良思，於自然宇宙生生之大道，有所叩求，此必然之本意也。本卷名曰《未名集》，有此思此想此念，非故作艱深，亂附風雅，而妄名也。書於此，願讀者知曉，能明白作者之用心。人生也短，宇宙也廣長，大道流衍，吾只窺其一孔一斑矣！莫可奈何，徒歎艱深，此其合於《未名》之旨乎？而進學之次第，求階、發揚、光大之未來，有待來者，冀於後儕，此余又先言於此，以表希望之誠也。人類五千年之文明，固其不易，而天道艱深，難以測度；是以，人類目前於知識之積累，推而望之，不過初開啟蒙之門，尚未達大成之境地也。大道之深，為未名之境，希冀天下學者及未來後儕同叩之也，此余真實之願望。書不盡意，即此短言，是為序。

揮灑思想

揮灑思想，步履何平康！
淡定之間，天理昭而彰。
不必多講，大道簡無上。
清心無量，積得真寶藏。
暮色正蒼，晚蟬悠悠唱。
世界父創，奇妙無盡放。
叩道無疆，直通渺與茫。
揚帆遠航，天路直接上。
靈歌務唱，聖徒福無疆。
快去天堂，靈命永恆長。
生活務簡，名利務須放。
點檢心腸，清潔又明亮。
智慧有光，都是父賜將。
人心映放，顯現真天良。

真知至簡，質樸清新芳。
大智無上，混沌是茫茫。
天地之間，無盡是寶藏。
任意品嘗，獲益真無上。
清心去想，識得真世相。
大愛無疆，普度赴天堂。

清夜蛙鳴

清夜蛙鳴，身心爽而淨。
況有蟲吟，聲聲俱含情。
微風經行，動我詩人心。
天籟無垠，秉持身心靈。
敞開心襟，欲與蛩共鳴。
蛙鼓漱心，滌出真性靈。
天人相映，世界妙不盡。
叩心自警，大道深探尋。
半生無影，思此心地驚。
長望前景，山水艱深行。
放開身心，展翅向天鳴。
白鶴輕靈，雲外無蹤影。
五更夜靜，天尚未啟明。
我心安寧，靜坐雅而清。

喜聽蛙鳴，蟲吟也中聽。
天地含情，世界妙難云。

無思無想

無思無想，心地起清光。
靜聽蟬唱，瀟逍狂且猖。
有風清涼，舒我心襟暢。
天上雲淌，自在頗安祥。
週末假放，散淡清心腸。
讀書聲揚，妙境在心間。
一曲清唱，詩意有芬芳。
心羨雲翔，欲展雙翅放。
生命彰揚，意向在何方？
注目天堂，定志必欲上。
好自揚長，思想奔且放。
暫憩人間，作個有緣郎。
不必怎樣，淡淡度時光。
願譜詩章，至少十萬行。
名利屏擋，不許擾且攘。
共風清揚，駕雲向天航。

此際鳴蛙又放

此際鳴蛙又放，三更夜風涼爽。
靜坐心地舒暢，發詩書我心膛。
精神安和朗曠，情興清靈娟揚。
細聽天籟無恙，我心溶入其間。
人生只因情長，至今百倍苦嘗。
有時回首張望，只餘煙雨蒼茫。
天地自是滄桑，百年豈無艱蒼？
懷有不昧理想，上天入地尋訪。
激情歲月奔放，青春流逝已殤。
而今兩鬢斑蒼，眼目依然放光。

火熱是我心膛，不滅更有情腸。
生死不必多講，心靈注目天堂。
身心務須清揚，拋去名利骯髒。
心跡淡若雲翔，詩中稍有體彰。
不敢比蘭清芳，願效綠竹勁剛。
楊柳過於柔放，芭蕉風流茁壯。
小草自有清香，生機數他最旺。
質樸不肯張揚，一生淡守平常。
思此我心感傷，君子與此相仿。
漁樵清貧放曠，不入富貴羅網。
清夜無有人響，眾生沉溺夢鄉。
獨坐思緒綿長，暢想宇宙穹蒼。
此際蛙鳴清揚，天地和氣蕩漾。
一曲不由奔放，共此清夜芬芳。
即此不再言講，且聽群蛙共唱。
天意用心度量，人天和諧清長。
言下之意已彰，有緣應起長想。
靈性願能清揚，透視宇宙莽蒼。
世界無盡妙放，寶藏盡你尋訪。

人生目的意向，務必明於心膛。
天國是為故鄉，靈魂永是不亡。
勸君盡速前往，回歸樂園福享。
天路任其艱長，自有天父領航。
奮發一生志向，展翅向天飛翔。
時空無限開放，靈程美妙難講。
天使伴你同上，渡過險灘惡浪。
此際清夜溫良，神思暢來放曠。
真的不再多講，敬祝康樂無上。

清聽蟬唱

清聽蟬唱，心地正閑閑。
鳥又嬌放，和風吹來暢。
不敢狂猖，守定心中光。
放眼長望，天際煙正蒼。
應許揚長，身心共風曠。
發詩清香，悠悠吟且唱。
歲月驚腸，白髮星星向。
凝我思想，書出詩萬章。
休憩亦想，只是任務扛。
負重前往，何懼艱與長？
心事難講，情懷向誰放？
付與詩章，譜出清新芳。

淡定思想

淡定思想，不敢稍狂猖。
人生平常，豈准名利妨？
清聽蛙唱，心地好清涼。
夜靜安祥，襟懷開又放。
應許長揚，放飛我理想。
激情高漲，詩興遏雲翔。
世界囂張，擾我以燥攘。
守定心房，正氣不能滅。
人生惟艱，百年走滄桑。
一任鬢蒼，笑對水流殤。
豪氣應彰，突破時空翔。
天路務闖，刀山火海上。
瀟逍揚長，一路歌聲放。
靈性清光，潔淨清且長。

不多言講，此際蛙清揚。
蟲蛙和唱，天籟真無上。
心境好爽，正好思與想。
前路正長，誰與我同往？
內叩情腸，有點淡淡傷。
不多去想，且自聽蛙唱。

心事如風

心事如風，來去影無蹤。
激情時湧，長似風過松。
悠悠心痛，向誰形與容？
蟬唱從容，我願效此翁。
雨雨風風，人生百感洶。
長呼短痛，俱入詩句中。
我心誰懂？誰是我友朋？
獨立沉重，放眼長向風。

好自從容

好自從容，放眼入蒼穹。
天風正動，曠懷與誰共？
靜坐思湧，亙古入心中。
往事如風，不必憶在胸。
鳥囀輕鬆，余心為之動。
蟬噪洶湧，恰似狂潮萌。
面帶笑容，人生快慰重。
舊有傷痛，盡付雲煙中。

溫柔心腸

溫柔心腸，此際卻揚長。
放眼長望，誰知余心愴？
四十已往，只留兩鬢霜。
五十何向？天命希冀嘗。
瀟逍清涼，名利未准妨。
靜聽蟬唱，無機奔且放。
紅塵蒼蒼，千古成故往。
悠悠漁唱，還有樵調長。
我心曠放，直入彼穹蒼。
天地之間，誰共我同航？
好自心傷，曲調轉蒼涼。
有淚湧上，化作詩意芳。

和風來暢

和風來暢，心地起清涼。
暢發詩章，吐我情如芳。
世事滄桑，誰解其炎涼？
人生艱蒼，轉眼白頭向。
雙淚長滂，感慨上心房。
百年情長，知音無影彰。
雲正輕淌，情卻如洪蕩。
詩意悲涼，應與風同放。

清心所向

清心所向，在彼雲水間。
漁樵應訪，討點瀟與閑。
獨立情長，有心難言講。
孤旅艱蒼，恆羨雲輕翔。
淡定志向，不求名利彰。
願學蘭芳，憩在山野間。
似松何妨？頂住風雨狂。
不斷生長，縱生絕壁上。
此際心閑，淡淡一曲唱。
共蟬同放，無機應同樣。
好自清涼，心地多放曠。
風景無限，一任世炎涼。

淡淡雲翔

淡淡雲翔，自在又安祥。
風來清放，心地起舒暢。
鳥飛輕揚，掠過天蒼蒼。
夕陽正放，無限好光芒。
人生世間，惟被情感傷。
剛硬鐵腸，也有淚水淌。
此際淡放，一對雲煙曠。
發詩清揚，希冀對人唱。

夕陽金黃

夕陽金黃，普照天地間。
我有思想，此際欲演講。
人生艱蒼，何必把淚淌？
放出眼光，前路正漫長。
涉過滄桑，身心費苦傷。
覓得瓊漿，共與世人嘗。
天蒼地廣，放飛我思想。
宇宙無限，不盡好寶藏。
淡雅之間，有點清新芳。
更發詩章，吟出心與腸。
效彼夕陽，風流自無上。
熾熱情腸，不肯稍留藏。

心有清芳

心有清芳，長向詩中放。
淡淡心腸，一似晚風揚。
夕照正長，暮色真無恙。
天地茫茫，容我思與想。
不談理想，豪言不必放。
學雲放曠，效取風清涼。
世態炎涼，人情冷暖間。
河水流淌，不斷滄與桑。
噪噪車響，世界狂而猖。
誰持清腸？誰辭紅塵曠？
轉眼之間，歷史千年放。
更向前望，煙雨正蒼茫。

清思曠放

清思曠放，無跡可尋訪。
心地長揚，出得塵世間。
悠遊無恙，尋得真思想。
淡淡清芳，一似蘭蕙香。
人生惟艱，百年走滄桑。
壯歲回望，何必哀而傷？
展翅飛翔，高天正可上。
宇宙寶藏，任我尋與訪。
時空難擋，靈性妙清揚。
心性無限，超越物欲放。
不敢狂猖，守定我心腸。
不許魔障，詭計有多樣。
總結思想，發出我衷腸。
詩意馨芳，淡淡流又淌。

寫詩萬章，知音在何方？
獨立茫茫，思緒充天放。

淡定人生

淡定人生，何必多遺恨？
回首青春，化作雙淚痕。
雲正生成，風雷何時逞？
心有微疼，吟出詩清芬。
鳥語清純，蟬鳴卻似笨。
悟對人生，感慨有幾分？
暑意曠逞，未許躁來生。
心意長呈，願共雲飛奔。

天高雲暢

天高雲暢，世界妙無上。
靜坐長望，天際煙正蒼。
蟬鳴交響，一曲奏安祥。
我心放曠，雲來入我膛。
平生難忘，曾經走艱蒼。
兩鬢染霜，余得淚千行。
不去回想，抬頭向前望。
山高水長，容我用腳量。

心懷夢想

心懷夢想，要去至遠方。
鵬翅欲張，萬里不足講。
志在遠方，山水任其長。
煙雨何妨？難阻我前往。
半生已放，余得兩鬢霜。
壯懷難忘，恆想高飛翔。
苦痛何妨？身心要飛揚。
志若鐵鋼，又若磐石壯。

警醒身心

警醒身心，防止惡浪淩。
務須靜定，可免差錯臨。
要學雄鷹，高飛入雲嶺。
風雨交並，難阻我前行。
雷電將臨，天地為之敬。
蕩滌世情，須憑彼聖靈。
此際蟬鳴，噪噪何所云？
我心康平，持正有安寧。

我有空靈

我有空靈，天風正吹行。
清心所印，天地入胸襟。
世界經營，擾擾利與名。
誰能警醒？誰持智慧行？
高天正青，暮煙又來臨。
獨坐靜寧，不起風與雲。
應能省心，人生多悲鳴。
寫詩舒情，長共風飛行。

展眼揚眉

展眼揚眉，心興長放飛。
秉持智慧，人生堪味回。
詩意來會，發語自純粹。
無有塵匯，清新好滋味。
前路萬里，容我行如飛。
激情奮射，遏住雲之回。
清夜真美，只可意來會。
蟲吟清脆，添我詩情味。

晨星正亮

晨星正亮，天色微啟光。
紅霞漸漲，黑暗退又藏。
心地舒暢，欣聽鳥來唱。
情緒昂揚，發詩浩又蕩。
早晨清涼，空氣有清香。
彤雲正漲，不知不覺間。
笑在臉上，希望恆在長。
天地之間，有道正清揚。

晨鳥歌唱

晨鳥歌唱，嬌媚無法講。
欣然心暢，我欲把詩放。
青春既往，何必感而傷？
壯歲昂揚，應有志如鋼。
激發情腸，文字多奔放。
少年相仿，哪管鬢如霜？
一味情長，欲與鳥比將。
眼目放光，恆有希與望。

曠然心生

曠然心生，晨起鳥語純。
清風來證，慧意中心逞。
彩雲閑奔，引我心意呈。
詩意人生，發我情紛紛。
灑脫勿論，閒散在清晨。
夜來眠穩，此際有精神。
開我心聲，欲共鳥比證。
清揚紛呈，心比水還純。

霞光正生

霞光正生，一日啟新程。
鳥囀真純，天地無限春。
曠然意呈，瀟逍是人生。
淡定何論？我有真精神。
半生已奔，長留痛苦深。
不折金身，更奮志清純。
大喝一聲，天地深為震。
時間停頓，流水不敢奔。

英雄懷抱

英雄懷抱，不敢稍驕傲。
應學漁樵，深把世情曉。
平生體道，心得付誰瞧？
欲展心竅，寫點詩頗好。
不須多道，實幹最為要。
時間飛跑，人生匆匆消。
眼目應瀟，識得人生好。
百年緣逍，應展真懷抱。

吹牛

張開巨大嘴巴，說些假大空話。
牛皮越吹越大，天地都裝得下。
上拄天下拄地，看我嘴巴多大！
黑白由我變化，良心何須論他？
專業本領無亞，世界任我馳駕。
歷史汰去浮砂，吹牛只餘笑話。
冷眼但看浮誇，禍害血染塵沙。
勸君不講假話，怒火沖天相罵。

恬淡從容

恬淡從容，心事不言中。
暢對清風，一展心襟雄。
默默行動，實幹最為重。
激情洶湧，我心與誰共？
好自心痛，半生苦重重。
開我心胸，放眼山萬重。
應有持重，不受輕薄風。
君子義重，一似泰山松。

激情如風

激情如風，跨過時空中。
回思心動，默默有苦痛。
不去形容，人生誰不懂？
放曠心胸，寫詩情洶湧。
暮色漸重，吹來絲絲風。
天陰沉重，心音與誰共？
紅塵如夢，賜我傷與痛。
仰望蒼穹，希冀來天風。

瀟灑走人生

瀟灑走人生，百年晨昏。
一路揚且奔，山水艱深。
心靈蒙神恩，煥發新生。
逍遙走靈程，燃亮心燈。
物質是蒙人，不見精神。
靈性務淨純，保有天真。
宇宙神創成，不盡妙逞。
人生靠神恩，養育真純。

昨夜笛音清越

昨夜笛音清越，無限風光盡閱。
我心為之激烈，情波浪翻清碧。
今晨記憶猶立，昨夜笛音清越。
玄妙不可盡閱，只余心興嗟急。
人生靈性務辟，笛音可助清潔。
俗務不准襲擊，暇時應聽吹笛。
笛音天籟無及，蕩過時空無缺。
我心沐之淨潔，洗滌一若冰雪。

此時回憶我青春

此時回憶我青春，熱淚不由生成。
激情歲月如水奔，只余累累傷痕。
浩歌一曲自真純，不盡是我人生。
感慨深受天父恩，引我天路歷程。
紅塵滾滾何必論？名利由它狂奔。
我只清心持人生，瀟灑走上一程。
壯歲心境難言申，惟是長歎一聲。
人生不過夢中奔，歸宿是在天城。
曠思萬千付雲層，飛行更出寰塵。
回首四十秋與春，熱淚長流奔騰。
依然保有我純真，不肯沾染紅塵。
願展身心共風逞，山中可以憩生。

未可掉以輕心

未可掉以輕心，一生務要警醒。
粗心易入陷阱，後悔只餘哀鳴。
未可掉以輕心，靈程路上艱辛。
天國不是易進，考驗重關驚心。
未可掉以輕心，奮發也當慎謹。
大意一旦運營，魔鬼就想插進。
未可掉以輕心，必須如履薄冰。
奮力向前猛進，提防異常險情。
未可掉以輕心，但也不可膽驚。
勇氣必須持心，才能奮闖猛進。
未可掉以輕心，再三囑告是云。
祝君一路輕盈，直向天國奮進。

天風吹來靈味香

天風吹來靈味香，我心清且芳。
放眼長望天路曠，無限好風光。
天父慈愛遍人間，賜我平且康。
奔走天路任艱長，何懼風雨狂？
世界因緣萬千放，名利擾複攘。
清涼持心心貞剛，不在塵世間。
展翅放飛靈程翔，靈歌一路唱。
百年人生有希望，永生在天堂。

著急人受傷

著急人受傷，何不定定當當？
步履匆匆忙，走錯後悔徒長。
天路是艱長，坎坷自是難忘。
志向須強壯，刀山火海敢闖。
天父親導航，羔羊大隊競上。
一路浩蕩蕩，克盡魔敵揚長。
世界非故鄉，天國永生無疆。
天路是難闖，切心禱告為上。
窗外陽光放，蟬鳴一片交響。
眾生多安祥，因有天父恩光。
定志必剛強，困難迎頭敢上。
謙卑作羔羊，在世作鹽作光。

第十三卷《風鈴集》

序言

有風清來，風鈴響亮，其音清而脆，爽且揚，有清靈之氣，具妙曼之格，莫可名之空靈，難以論其動聽。洪生子雅坐書房，笑曰：「此清曠之天風也。」有客問曰：「若夫天風，有何講究，而得此名哉？」洪生子答曰：「夫天風者，秉天地清良之正氣，具靈妙飄逸之格，荷道持德，體天地生生之意，吹拂天地萬物並及人身，而得此天風之拂及者，必領清和之旨，具雅正之意，有不可道名及道盡之內涵也。天風之及，而風鈴為之而動，響靈妙之聲，曠發人心之意向，使正人君子，舒其意旨，若夫奸邪小人，則必心驚肉跳，而大不安也。是以，若夫風鈴者，天地之妙物也，有靈異焉。余欲寫詩文一卷，正欲以《風鈴集》名之，今先生有問，正好於此稍作解答，以釋其意也。」客歎曰：「天地之靈妙，一風鈴得之。而天風之浩蕩，實世間之所欲也，可掃蕩塵世之污濁，發揚人心之清明。洪生子以風鈴名卷，正合乎天意人心，其中於天人大道，必有所發揚，它日書成，希冀能早拜讀也。」洪生子笑曰：「人之處世，必秉良知雅意，而能叩天道之有常，以益人生於無窮也。《風鈴集》一卷，不過體余之所思所想所識，只可謂之一管之見，不敢自以為得意也。大道也深邃，余生也短暫，而心機及心智也有限，是以，於真理大道，不過體冰山之一角，未能揭示全體也。若夫深入大道之三藏，貫古今東西文明於一章，並有所發揚光大者，有待來者矣。余之以《風鈴集》命題，不過欲體性靈之清明，發靈動之妙思，掃蕩濁陋，一匡文明也。點滴之微光，難入君子學者之雅思，而更於此呼吁，望天下智者有以教我，則洪生子幸甚矣！夫學貴切磋，明光以發，知識及智慧以長；若夫似余困居僻壤貧鄉，所接觸者，幾無雅達之士，更少飽學之君子，是以，於學問之道，不過憑一己之管見，而測天涯莫大之道藏，其有可笑可鄙可棄之處，在所難免也。更望有緣一讀余之拙作者，能放眼光，能運智慧，於學問之大道，有獨立之思考，不可徒為書本所困也。是以，求學之道，貴在活用，一若活水江河，隨緣遇境，而能靈機妙用，變化無盡也。而萬變之中，有不變者，是為道體，是為良知，是為天心，此不可盡言也。」客歎曰：「洪生子之論，體天地之本心，得道藏之三昧，於《風鈴集》者，余有深待矣！」洪生子笑而不答。其時，和風暢來，風鈴搖曳，清響動人，引不盡之思。洪生子謂客曰：「《風鈴集》尚未有序言，我欲以剛才與閣下對答之言錄下為序，先生意下如何？」客笑曰：「洪生子妙論，錄入書中，作為序言，正其宜也。亦使後來者知前人之所思，裨使雅意良思，不湮沒於時代，而能傳揚後世，以益來者莫大焉；余深以為是。」是以，此《風鈴集》序言之由來也。錄此一段公案，是為歷史之一插曲乎？余不敢言此；若夫作為一段笑談，或可良以也。文貴簡約，不復多言，是為序。

解開一切捆綁

解開一切捆綁，思想自由奔放。
魔敵無處安藏，世界充滿明光。
解開一切捆綁，人類飛向天堂。
一路不停歌唱，直至永遠久長。
解開一切捆綁，靈性煥發剛強。
心地潔白明亮，映出聖潔清光。
解開一切捆綁，聖徒喜氣洋洋。
列隊跟主前往，天國是我故鄉。
解開一切捆綁，聖靈作我主張。
定下一生志向，在世作鹽作光。
解開一切捆綁，生命力量彰揚。
不再受魔纏障，靈魂直上天鄉。
解開一切捆綁，生機勃勃昂揚。
身心激越慨慷，靈性活潑無上。
解開一切捆綁，我心無限歡暢。
讚美歌聲恆唱，頌贊天父永長。

彩雲飛翔

彩雲飛翔，氣象真萬方。
林蟬又唱，我心清無恙。
好自揚長，心興逐雲放。
去向何方？山水不懼長。
胸懷雅芳，與世有商量。
名利推抗，不准彼來妨。
紅塵萬丈，誰持利劍量？
妙舞放曠，出得塵世間。

天國不是尋常

天國不是尋常，有福才能前往。
務要靈性清揚，心靈持正清芳。
歲月荏苒揚長，人生百年匆忙。
必須抓緊時間，遲了定然悔傷。
明光來自天堂，天父賜與人間。
我心因此明亮，不懼塵世艱蒼。
涉過風雨蒼黃，前路應許坦康。
縱有險途難上，我亦定志奮闖。
揚帆向天啟航，直向天國方向。
一路靈歌競唱，響徹宇宙穹蒼。
時空可以卷藏，大道愈掩愈彰。
真理乃是明光，照徹幽暗遐方。
聖經是為靈糧，具有權柄非常。
一生奉行彰揚，天國福樂盡享。
天父乃是真光，又是創世之長。
我要一生頌揚，讚歌不停詠唱。

三位一體至彰，聖靈運行其間。
我心激越喜康，因蒙天父恩長。
即此不再多講，願君細加推詳。
於此若啟心光，獲救必有指望。
世界掩在滄桑，星月恆久生光。
我心有光明亮，一生一世安康。
步履何其清揚，天國奮行勇闖。
飽食真理靈糧，笑意溢出臉龐。
窗外蟬鳴正唱，暑意正在狂猖。
世界不是故鄉，我要速回天堂。
天風吹來心房，和氣洋溢人間。
即此讚歌獻上，敬祝靈命增長。

清平世界風暢來

清平世界風暢來，一時欣與快。
林蟬歡語如山排，雅坐思緒開。
身心曾歷滄海在，放舟巧渡來。
淡定放眼天竟開，靈妙好境界。
暑意雖彰有涼快，心清如水賽。
更發心語賦詩在，絕無塵與埃。
人生容我步履開，出得塵寰外。
回首長望此世界，霧鎖樓與台。

雅聞笛聲

雅聞笛聲，清意襲心身。
曠然意逞，冰雪之精神。
詩興來生，性靈舒其芬。
感會欲論，天地與人生。
清夜風逞，無有蛙鼓聲。
靜坐難論，心中情紛紛。
世界馳奔，正道誰敬遵？
人心肉生，靈性誰清純？

一生有主伴行

一生有主伴行，靈活運用福音。
聖經記主言行，引導聖徒前進。
我心大有激情，理想恆在心襟。
壯懷激烈難云，詩中偶舒心性。
靈程加倍奮行，不可疑惑稍停。
高歌一曲入雲，魔敵為之顫驚。
清心如水純淨，澄志映出靈明。
定睛仰望天庭，明光透出心襟。
晨起鳥囀清靈，我心大起感應。
詩意長來叩請，一發我之情興。
短歌也有雅情，何必長篇放行？
一曲發出心襟，願與晨鳥和鳴。
天氣雖然為陰，卻有晨風經行。
陰終會轉為晴，陽光普照雲嶺。

心定自平康

心定自平康，未許搖晃。
世界任起浪，駕舟遠航。
涉過彼滄桑，已登平岡。
放眼向天望，一片晴朗。
縱有風雨狂，何懼其艱？
勇氣百倍長，奔走揚長。
天路務必上，奮勇前闖。
困難不能擋，志定平康。

放曠閑行

放曠閑行，心情多鎮定。
任彼風淩，雨打舒我情。
瀟逍心襟，恆向雲外行。
半生煙雲，賜我蒼蒼鬢。
身心清醒，不受利與名。
但持清貧，嚮往漁樵情。
人世風雲，緣起緣復靜。
隨緣任運，一似雲鶴行。

笛聲悠揚

笛聲悠揚，引我心襟向。
不盡柔腸，喚起百轉傷。
人生戰場，殺烈何悲壯。
回首相望，依舊有血光。
百年滄桑，走盡炎與涼。
一聲笛唱，熱淚下千行。
夜晚清涼，散坐心悠閒。
靜聽蛩放，相和笛音揚。

由我思想

由我思想，放出智慧光。
大千萬象，只是緣之放。
我心清涼，不受世炙傷。
恆懷希望，要去天堂上。
四十已往，只餘兩鬢霜。
天命叩響，雲煙起萬方。
瀟逍心腸，共誰論短長？
一點心芳，淡淡入詩間。

揚長放曠

揚長放曠，欲去何地方？
激情奔放，揚起漫天浪。
一生貞剛，不屈是堅強。
懷柔何妨？伸縮因時放。
英氣爽朗，逼退魔千丈。
純正心腸，不容污染髒。
瀟瀟清揚，化入水雲鄉。
逍遙輕放，有鶴伴我翔。

晚蟬正鳴

晚蟬正鳴，一片堪清聽。
詩意來興，發語應純淨。
何必多云？幾人能警醒？
漫天風雲，滄桑由神定。
好自驚心，曾經苦經營。
暴雨狂淩，半生未見晴。
此際蟬鳴，清我肺與心。
寫詩舒情，溶入漫天雲。

雨下狂猖

雨下狂猖，一片嘩啦響。
觀雨心暢，詩意長發揚。
天地玄黃，眾生走艱蒼。
歷史流殤，只餘漁樵唱。
而今我想，世界是父創。
天路艱長，奔走須勇闖。
時雨清長，暑意將消亡。
立秋今訪，欣迎秋淡蕩。

雨中鳥鳴唱

雨中鳥鳴唱，歡快流淌。
聽之余心暢，詩意飛揚。
應把心音放，共雨同唱。
人生百年長，許我奔放。
婉轉情懷彰，向誰清揚？
獨立煙雨間，有所悲傷。
天地多昂揚，正氣曠放。
一曲清心唱，天地交響。

心起彷徨

心起彷徨，有點嗟而傷。
人生路長，容我展意向。
高天可上，有雨復何妨？
展翅飛翔，直插絕壁上。
天蒼地茫，獨立感滄桑。
百年未長，轉眼半生往。
瀟瀟風涼，風景任徜徉。
一生清狂，詩中有顯彰。

蟬鳴交響

蟬鳴交響，雨後落紅滿地蒼。
四野茫茫，天色陰沉煙靄放。
心有思想，痛悔人生短與長。
鳥卻鳴唱，不知煩惱與悲傷。
車聲囂響，紅塵只是走狂猖。
誰持清腸，拋得利名與嬌娘？
大千正放，磨拳插掌備戰忙。
發令槍響，各自奮勇當先闖。

跌倒再上，不達目的不下場。
死也無妨，只要能登名利榜。
天起雷長，霹靂自天而下降。
又起張惶，想去山洞躲與藏。
事過又忘，總想粉墨再登場。
亮個過場，一齣戲劇由我唱。
不慌不忙，哪管有無真天良？
命即使喪，定志不離名利場。

滿耳蛩蛙吟

滿耳蛩蛙吟，秋夜均平。
空氣鮮又新，時雨方停。
風來蕩我心，吾意康寧。
更發詩人心，短章經行。
三更夜靜定，車聲偶鳴。
好個溫與馨，初秋清明。
清聽彼蛩吟，曠放吾心。
世界和諧運，天籟空靈。

深夜難眠

深夜難眠，憂患盈滿心。
清聽蟲吟，只是警與醒。
風正經行，好個清與新。
此時心境，苦痛重千斤。
我對蟲云，汝可明我心？
蟲卻不應，只顧獨自鳴。
舒我身心，寫詩清而明。
天地無垠，浮生驚心靈。

藍天白雲瑰麗

藍天白雲瑰麗，引我心襟放飛。
吐出詩意純粹，一曲清揚味回。
鳥語不時來會，清風只顧勁吹。
不由放眼揚眉，天際煙靄淡微。
白雲繡成山水，緩緩行走曼麗。
世界如此秀美，皆因神恩璨璀。
中心有意來催，發語頌出心扉。
不盡心意唯美，天人和合妙微。
此際蟬鳴清脆，我心淡雅清麗。
對窗吟詩興會，安靜祥和寰圜。

晚霞瑰麗

晚霞瑰麗，宿鳥叫聲脆。
天際煙微，市井噪且吠。
我心芳菲，發詩秀而美。
敞心面對，暮煙堪沉醉。
歲月奮飛，轉眼秋又回。
石榴果垂，紅紅往下墜。
彤雲來會，林蟬鳴加倍。
夜幕漸垂，心興難描繪。

三更來會

三更來會，蛩吟清而慧。
清風正吹，愜意滿心扉。
我心思維，世界太美麗。
萬緣來匯，總是神手推。
靜靜品味，涼爽之純粹。
月華似水，秋夜如琉璃。
清思味回，發詩淡淡揮。
雅潔芳菲，願得有人會。

秋氣多淡蕩

秋氣多淡蕩，晨風送爽。
欣聽鳥鳴放，喜氣洋洋。
散步興清長，周身汗漾。
歸家寫詩暢，意氣昂揚。
中心多激蕩，共雲奔放。
一曲悠又揚，慨慷清靚。
歲月不覺淌，秋又來訪。
更有牽牛放，石榴果黃。
歌意誰能詳？心清芬芳。
雅思共風翔，山水遠長。
不必多言唱，費人時間。
人生步揚長，悠悠何暢。

青春真好

青春真好，已隨風雨飄。
壯歲遙逍，許我放馬跑。
福星高照，天父宏恩罩。
清心祈禱，懇求聖靈到。
窗外蟬叫，沒有煩與惱。
鳥囀清妙，世界和諧瀟。
靜坐思囂，時空無盡竅。
大道尋找，體悟共誰道？

激情在胸

激情在胸，一任雨與風。
步我從容，人生非做夢。
胸襟如虹，壯志不言中。
放眼真雄，穿透霧重重。
我心凝重，不受彼邪風。
君子情鍾，仁愛懷滿胸。
宏圖已萌，七彩重且濃。
天意施工，造化在行動。

一夜雨狂猖

一夜雨狂猖，晨鳥歌唱。
心地起清想，發語清揚。
窗外雨還降，天氣涼爽。
空氣清新芳，風吹樹晃。
坐定寫詩章，何所言講？
不盡是情腸，向誰鳴放？
颱風正影響，風雨激蕩。
我意卻清閒，悠悠何曠。

心清如鏡

心清如鏡，顯現出性靈。
時雨經行，秋意不覺臨。
何必多雲？且聽雨清吟。
人生經營，一似冒雨行。
好自消停，晨起心有興。
胸中激情，正有萬千雲。
放曠胸心，出口詩清新。
不復多雲，清聽雨之鳴。

天氣正清涼

天氣正清涼，雨打風狂。
靜坐心境朗，詩意昂揚。
發我心中暢，舒我情芳。
好自悠與揚，歲月安享。
不緊又不張，自是平康。
一任風雨強，我心定當。
半生已經往，何須嗟傷？
更應抬頭望，山水遠長。

心思雅淨

心思雅淨，長欲共風行。
蟬鳴清音，天地多含情。
放飛心情，好個明與淨。
一點雄心，展出萬里雲。
瀟逍持心，名利不准淩。
歲月驚警，少年去無影。
高歌入雲，繞著寰宇行。
不必多吟，獨立風清新。

秋光淡蕩

秋光淡蕩，風雲長奔放。
心境爽朗，長欲把歌唱。
詩句清靚，應有清新芳。
出口成章，短詩悠復揚。
暮色又蒼，心定自乘涼。
開懷衣敞，長迎風來撞。
車聲囂響，世界恆狂猖。
我心清涼，不許名利妨。

月色明亮

月色明亮，笛音如水淌。
三更正放，醒覺秋意曠。
清風正暢，滿天雲飛逛。
蛩吟清靚，清意天地間。
我心何向？難言又難講。
百感齊上，逸出余胸膛。
天微有涼，覺來有些爽。
提筆舒腸，彈得是芬芳。

靜聽蛩唱

靜聽蛩唱，舒我心與腸。
不慌不忙，此物最定當。
不曾多想，只是要鳴放。
天籟清芳，無機且嘹亮。
我心揚長，長思萬千想。
秋夜涼爽，月華堪端詳。
有風送暢，心事入詩行。
不應多講，勸君聽蟲唱。

漫天彤雲

漫天彤雲，散步放曠行。
欣聽鳥鳴，我心是多情。
有汗微沁，心卻喜氣縈。
歲月分明，又是秋來臨。
小風經行，老柳垂垂靜。
合歡紅映，如霞似火明。
歸來緩行，樹上蟬清鳴。
一路賞心，風景日日新。

金風送爽

金風送爽，天分早晚涼。
清晨蟬唱，聽來分外響。
坐定遐放，思想放千章。
吟出詩章，有點清新芳。
紅日生長，燥熱又來放。
我心清涼，雅潔堪清賞。
不必多講，人生一文章。
奮發向上，拚盡力與量。

心境放曠

心境放曠，欣看流雲淌。
好風清涼，坐定心情暢。
蟬正交響，飲茶口腹香。
寫詩奔放，應許我揚長。
陽光正放，初秋是晴朗。
歲月悠閒，何不誦詩章？
百年不長，春秋走匆忙。
驚回頭望，只留鬢上霜。

心向誰放

心向誰放？情懷向誰敞？
好自心傷，獨立在晨光。
鳥自歌唱，雲卻輕飛淌。
紅塵狂猖，誰解余心腸？
晨靄掛張，煙氣微微放。
風不來翔，眾生匆又忙。
流光無限，人生草露間。
心地有悵，詩中有評彰。

瀟逍心境

瀟逍心境，常起風與雲。
揮灑才情，詩篇脫口吟。
半生心驚，鳥卻囀清靈。
仰看浮雲，何處飄與停？
須惜光陰，百年如電行。
心弦警醒，奏出雅之音。
詩書應憑，閱盡古與今。
一點性靈，化作騷人心。

心境如風

心境如風，灑脫又輕鬆。
情在心湧，化作詩意濃。
鳥在歌頌，笛音何處萌？
人生如夢，長在坎坷中。
回首何功？前路山水聳。
壯志重重，容我步從容。
心轉凝重，眼目長望空。
天際煙濃，秋氣淡淡動。

蟬鳴狂猖

蟬鳴狂猖，天熱有汗淌。
激情高漲，詩意長來訪。
我發清揚，長與風同放。
鳥囀嬌嗓，余心感其腸。
不去多想，隨機走流暢。
短詩馨香，一如蘭蕙芳。
人生昂揚，我志慨而慷。
陽光正放，初秋正晴朗。

心境芬芳

心境芬芳，無物可比將。
喜氣洋洋，一如陽光放。
白雲飄蕩，藍天青無上。
放眼長望，初秋好風光。
淡定平康，人生步揚長。
風雨縱狂，兼程應無妨。
清風流暢，爽意溢心膛。
詩意發揚，短章真無恙。

晚霞燦爛

晚霞燦爛，無限璀與璨。
紅得耀眼，令人贊又歎。
蟬正高喊，一點不浪漫。
我心散淡，聽得秋蛩展。
車聲狂翻，噪噪似不安。
清靜也難，市井是這般。
半生平淡，清貧自安安。
放眼長看，落霞瑰麗綻。

清夜無眠

清夜無眠，靜聽蟲之吟。
灑脫心境，卻是長難云。
人生經營，苦了這顆心。
大道無垠，賜我智慧行。
四更夜靜，四野惟蛩鳴。
空氣和平，養我心與靈。
詩應空靈，溶入夜之靜。
不執於境，流走無跡尋。

薄霧微漾

薄霧微漾，天際煙蒼蒼。
鳥飛清長，一日又開場。
聽鳥嬌唱，我心起芬芳。
淡淡流光，不覺初秋降。
晨光清爽，我心舒而暢。
讀點詩章，吐點清新芳。
人生清閒，不上名利當。
悠悠其揚，化入水雲鄉。

心境暢爽

心境暢爽，詩中舒我腸。
向誰演講？獨立覺空曠。
億兆人間，只是名利場。
大千奔放，顛倒與死傷。
長嗟何妨？只是無力量。
惟向詩章，吐點清新芳。
走過滄桑，識得炎與涼。
平平常常，清貧水雲間。

何必多講

何必多講？心事何必彰揚？
走過人間，友朋卻在何方？
心負苦傷，紅塵只是緣放。
不盡滄桑，賜我雙睛淚淌。
好自奔放，有心放飛長揚。
轉思回想，百折是我情腸。
世界空曠，須尋真理之光。
點燃心亮，照徹黑夜更長。
放飛理想，立志要去遠方。
高遠天堂，才是我之故鄉。
身心清揚，出得塵世之網。
高歌嘹亮，時空無法阻擋。
激情慨慷，勝過江河流淌。
壯懷包藏，容得亙古蒼黃。

不敢狂狷，守定淡泊清腸。
傲骨剛強，天陷也能扛上。
蟬噪正響，世界流走囂狷。
鳥雖清揚，只是點綴林間。
英雄不彰，守得時機方翔。
壯士誰量？俗眼難識遐方。
不復多講，舒發心靈為上。
一似風揚，溫和襲襲堪當。
好個清涼，沒有名利相妨。
敞開胸膛，迎接人生風浪。

逍我身心

逍我身心，呼喚風與雲。
詩是精靈，來去無跡尋。
好自警醒，持正空又靈。
放曠閒情，飄逸入水雲。
惜無鶴憑，不跨入雲行。
身重無垠，塵間步苦辛。
聽得蟬鳴，噪噪無止境。
有鳥清吟，舒我心中情。

紅塵萬丈

紅塵萬丈，滾滾放濁浪。
誰把舟蕩，繞過礁石闖？
去向何方？前路有多長？
天路惟艱，盡我力與量。
天使飛翔，指點我迷航。
聖靈主張，恆駐我心鄉。
定定當當，一任風雨狂。
百年時間，人生轉眼殤。
奮發前闖，未可稍延蕩。
門小路艱，努力才能上。
高歌嘹亮，充盈宇宙間。
正氣昂揚，未可尋常向。
意志如鋼，何懼考驗艱？
鐵鞋十雙，磨穿復何妨？
陽光正放，天氣多晴朗。
一曲清揚，只是吐心腸。

四更夜靜

四更夜靜，惟聞蟲清吟。
獨坐何云？內叩心與靈。
浮生驚心，轉眼白髮臨。
今夜和平，一舒余心情。
蛩吟無心，長吐彼性靈。
人卻無眠，心弦付誰聽？
不必多情，詩意浩無垠。
感慨縈心，胸中入古今。

靜定心閑

靜定心閑，窗外笛聲唱。
雲暢風曠，鳥囀其清揚。
週日休閒，心地起清長。
不敢放蕩，讀書沐心香。
何必緊張？何不把假放？
人生匆忙，百年轉眼間。
放眼長望，人生苦旅艱。
煙水縱長，容我縱橫闖。
不復彷徨，笑臉綻芬芳。
激越昂揚，身心慨而慷。
天地之間，大道無名放。
吾生也長，流轉緣落漲。
心意誰詳？點滴入詩間。
知音誰向？山水有蒼茫。
守我平常，不必歌聲靚。
晨露清芳，潤物原無響。

夜正良長

夜正良長，體悟向誰放？
蟲鳴交響，清風正生涼。
難言思想，難數是心腸。
不盡意向，惟向詩中唱。
有點悠揚，是否似蛩放？
百轉之間，余心懷憂傷。
靜聽蟲唱，溶入夜清長。
人生無恙，許我步康強。

晨鳥啼脆

晨鳥啼脆，霧氣淡淡飛。
清風興會，雅思入心扉。
天陰亦美，日出待時會。
妙悟微微，吐出有純粹。
世界緣匯，人生貴際會。
抬眼揚眉，心境入翠微。
笑臉相對，拂去眼中淚。
悲喜放飛，百年如夢裡。

秋燥猶狂

秋燥猶狂，汗水往下淌。
吃支冰棒，得點清與涼。
有笛悠揚，聽得人舒暢。
放開思想，作點閑詩章。
何所演講？何事可以彰？
鳥囀清揚，夕陽白又蒼。
我心徜徉，流連萬里疆。
一腔情腸，放飛共風揚。

曠夜聽蟲鳴

曠夜聽蟲鳴，以清吾心。
四更如此靜，天籟清明。
難叩是本心，何執何縈？
一吐余心襟，詩中清印。
淡泊人間行，百年艱辛。
揮手滿天雲，霞彩經營。
秋蛩最多情，一似余心。
徹夜未曾眠，歌唱無垠。

余心發警醒

余心發警醒，內叩本心。
顯現性與靈，詩中清運。
不求利與名，清淨持心。
灑脫是多情，天際曠行。
悠悠歲月臨，星霜兩鬢。
此際聽蛩吟，契合吾心。
何必苦經營？任運去行。
人生應圓明，靈光天映。

清思生成

清思生成，熱淚其滾滾。
悟徹人生，百感向誰論？
只是心疼，且自聽蟲聲。
清吟成陣，誰明其正純？
三更時分，靜坐遐思生。
心意奔騰，出得彼凡塵。
宇宙精神，誰能會其真？
叩我心身，應能明三分。

第十四卷《蘆笛集》

序言

您聽過蘆笛之清鳴嗎？如沒有，那真是太可惜了；余童年時經常玩這個。余取名此卷詩集曰《蘆笛集》者，非記憶留念童年之時光也，而是欲以蘆笛之清響，一葦渡航，引人回歸自然之本源，清心滌脾，發明性情，不受淫聲之浸染矣。清新蘆笛，寄我本心；推源道德之本性，曠人性靈，得清雅之趣，啟智慧之門，獲天人相映相生合一之境界，其始於蘆笛之清鳴乎？若得如此，吾無憾矣。雖然，蘆笛之清響，或不若各種正規之樂器動聽；而惟其如此，因此至簡、至清，可掃蕩一切浮思雜念，入清明靈動之妙境，體野人天然之生趣矣。試想，無邊不盡之蘆蕩中，有蘆笛之清鳴，是何等的閒情逸致？飄然有登仙之意矣。余童年之時，家鄉多有葦塘，而今大半已毀滅，不復存在矣。清心蘆笛，余心所繫，不敢稍忘，此其是余嚮往田園之寄託乎？今夜正值七月二十二，時在三更，窗外秋蟲清響宜人，十分動聽，而公路上來往之車聲不斷，噪音甚大，因思近來工業化和城市化發達，而人困於高樓大廈之中，離自然之生境愈來愈遠，此其人性人格異化之原因之一乎？是以，以蘆笛命名此卷詩集，有其價值之所在矣。余之希望，以蘆笛之思憶及清響，治病救人，啟人回歸自然之靈思，重證大道天人合一之境界，則國家幸甚，民族幸甚，社會幸甚，世界幸甚，歷史及文化幸甚，推而廣之，則三界一切含情眾生及受造之物幸甚。試想，牧童騎牛歸來，手持蘆笛，清輕吹響，其美妙之意境，孰能超出其上？老子教導我們說：「反者道之動。」現在人類文明正向著城市化和工業化大步邁進，而蘆笛之清鳴，欲引人起田園之思，是為「反者道之動」乎？時處二十一世紀之現代，人類文明之演進，自當從新角度重新掃描文化之足跡及不足與偏頗矣，天人相映相生相合之境界，體現在可持續發展和生態文明之戰略中，自當啟文明文化之新路向，開闢出一片廣闊的新天地和新視野來。余之以《蘆笛集》命名此卷詩集，有此思此想此念；隨便談了這許多，算作是本卷的序言。言不盡意，擱筆為佳，因多言恐生繁雜，惹人生厭，故此堅決打住，不復多言。是為序，此記。

清夜蟲鳴

清夜蟲鳴，暢我心與襟。
可惜噪音，時常還經營。
四更寧靜，爽我情與興。
寫詩雅境，無法書均勻。
且聽蟲吟，感應其心靈。
天地溫馨，秋夜真和平。
一點身心，付與秋蟲聽。
蛩明我心，勸我悠悠行。

清風來會

清風來會，我心起芳菲。
牽牛真美，石榴紅紅垂。
車聲長吠，世界走艱危。
坐定何畏？心弦奏凱回。
身心加倍，志向入翠微。
青春正美，激情放如飛。
平淡是貴，名利不准圍。
放眼萬里，山水多興味。

深夜靜秋蟲鳴

深夜靜秋蟲鳴，獨自叩本心。
無限情如水印，卻向何處行？
人不寐倍傷情，寫詩吐身心。
悠悠運是心襟，秋蟲知我心。
秋夜清路燈明，車聲破寧靜。
隨緣行秋氣平，未許名利淩。
三更臨夜倍靜，蛩吟妙無盡。
秋分近驚我心，流年匆匆行。

我心平淡

我心平淡，未起波與瀾。
窗外閑看，雲天燦又爛。
願揚雲帆，大千任往返。
不回頭看，萬里只轉眼。
牽牛浪漫，喇叭萬千展。
石榴紅璨，引我流連看。
不多言談，生活是這般。
好自安然，晨昏平常綻。

心境均平

心境均平，流年如水印。
不必用心，隨緣自運行。
五更已進，黎明在逼近。
應自警醒，黑暗狂猖淩。
秋蛩正吟，清我心與靈。
聲聲驚心，不了只是情。
放曠身心，不敢學蟲鳴。
天籟之音，推崇彼蛩吟。

清風來動

清風來動，萬里是晴空。
白雲過從，巧繡難形容。
我心空空，流走似金風。
放眼抬胸，正氣貯襟中。
淡泊從容，不惑歲月濃。
天命何從？一任緣之萌。
難以形容，心境自沉雄。
賦詩情動，慷慨歌大風。

秋高氣爽

秋高氣爽，白雲自在航。
心地敞亮，賦詩論滄桑。
不急不忙，心共白雲翔。
四十已往，留得鬢初霜。
道甚炎涼？世界如水淌。
午後秋陽，燦爛無法擋。
平平常常，辭去名利訪。
晨昏之間，賦點詩與章。

濃霧漫天漲

濃霧漫天漲，晨鳥欣唱。
市井噪雜傷，眾生奔忙。
靜坐思與想，向誰舒揚？
懷情余暗傷，九轉心腸。
人生有霧擋，誰懼其茫？
奮力向前闖，荷負艱蒼。
世界自滄桑，何必感傷？
詩意有芬芳，容我清唱。
一篇發交響，知音誰向？
中心起蒼黃，孤旅清長。
百歲春秋忙，轉眼鬢霜。
更應惜時光，不使喪亡。
秋分已過往，驚我心腸。
遠聞晨雞唱，鼓我情放。
寫詩心意長，萬言難償。
何如擱筆放，暫奏絕響。

天際煙蒼

天際煙蒼，四野正茫茫。
余心何向？在彼煙水間。
淡定狂放，不守平與常。
高歌唱靚，天地改顏向。
有鳥啼唱，不盡清與爽。
寫詩心暢，一篇如水放。
何須嗟傷？男兒志剛強。
放眼前方，天路艱又長。

秋雨又降

秋雨又降，室外奏交響。
推窗而望，路燈明且亮。
夜風清爽，醒我思與想。
閑譜詩章，吐點蒼與茫。
半生水放，愧對鬢初霜。
心事蕭涼，長若秋雨降。
定我志向，前路猶須闖。
英雄心腸，不必論短長。

清心生成

清心生成，一對雲紛紛。
紅塵滾滾，眾生陷沉淪。
志向成城，身心共雲騰。
萬里征程，容我上下奔。
放眼雲層，天陰何足論？
暴雨傾盆，有鷹絕壁登。
一點真誠，長向詩中證。
點燃心燈，照徹夜深沉。

夜色又降

夜色又降，華燈自在放。
心有悠閒，寫詩賦清芳。
晚風清涼，我心長是爽。
靜坐思暢，大千入我腸。
何思何想？人生百年間。
名利擾攘，只是煙幕放。
定定當當，不惑走瀟閑。
輾轉蒼黃，世界自滄桑。

秋雨狂猖

秋雨狂猖，一片嘩啦響。
轉瞬之間，化作如篩降。
人生同樣，陰晴難思量。
隨緣任往，天涯由我放。
不必怎樣，淡泊最應當。
思慮萬方，只是傷了腸。
百年時光，匆匆如過場。
笑容須放，心中有太陽。

蛩吟又響

蛩吟又響，聲聲清又靚。
入我心腸，為之感爽朗。
夜色正放，路燈明又亮。
車聲狂猖，市井猶吵嚷。
我心感傷，不覺起彷徨。
秋雨停降，金風緩緩放。
當年理想，豪情曾萬丈。
而今放曠，倍覺心蕭涼。

藍天白雲

藍天白雲，一舒我身心。
獨自沉吟，化作詩意行。
鳥囀清靈，陽光當天頂。
落葉飄行，激起我閒情。
半生水印，只留斑斑鬢。
放眼層雲，誰似我多情？
淡泊心靈，百折是風雲。
一曲清新，願共秋風行。

枕上無眠

枕上無眠，清聽蟲之吟。
小風經行，秋夜分外清。
詩意來興，一篇如水臨。
灑脫心情，堪與蛩共行。
四更夜靜，仍有車聲臨。
半生驚心，應能憶而醒。
壯歲心情，淡泊多鎮定。
效取蟲吟，放曠自在行。

薄霧浮漾

薄霧浮漾，晨鳥喳喳響。
心起神往，想學鳥飛翔。
精神健旺，情懷多俊朗。
妙發詩章，一篇如水放。
清風來爽，新鮮真無限。
逸興高揚，直似雲飄蕩。
煥發心芳，吐出好詩章。
自我欣賞，何必人傳揚？

散淡心腸

散淡心腸，閑聽鳥交響。
風來清揚，藍天白雲蕩。
持何志向？心向何處放？
秉持中良，溫和清新樣。
不敢驕狂，柔情似水放。
天蒼地廣，容我縱飛翔。
四十已往，半生付煙長。
心地蕭涼，一曲清輕唱。

心情平靜

心情平靜，流年如水印。
清風經行，藍天走白雲。
陽光燦臨，遠際煙靄清。
笑意盈盈，生活恬且靜。
向誰多云？心事倩誰明？
灑掃心境，瀟逍江湖心。
懶散又臨，閑寫詩舒情。
倚窗閑憑，天氣爽而晴。

煙水茫茫

煙水茫茫，秋來動地蒼。
菊花又香，落葉斑而黃。
好自心傷，對景嗟而悵。
歲月更張，心弦對誰唱？
秋風正揚，風景是無限。
壯歲心腸，與秋何相仿。
恰逢假放，散淡多悠閒。
白雲飄蕩，去向天涯邦。

金風送爽

金風送爽，我心且清涼。
晨雞又唱，五更天將亮。
蛩吟脆爽，風動葉清響。
華燈仍放，只是昏又黃。
清意揚長，一對秋風暢。
化作詩章，如水涓涓淌。
人生情長，恰似繞指芳。
難盡難講，誰知我衷腸？

清夜華燈明

清夜華燈明，鞭炮經營。
靜坐也安心，清風來迎。
明月當天頂，蛩吟清靈。
無塵拂身心，雅思寧馨。
不惑持心靈，天命叩聽。
大道如水運，無跡無形。
任運移其境，秉正而行。
何論苦與辛，滄桑風雲。

月華當空

月華當空，心事不言中。
清夜從容，遐思入萬重。
何必心痛？理應多放鬆。
蛩吟正聳，清風微微動。
人生如夢，擾我以平庸。
持中如風，穿越時空中。
回首無窮，放眼煙霧濃。
靜坐舒胸，短章富內容。

楊柳垂放

楊柳垂放，畫眉宛轉唱。
公園閒逛，一切均安祥。
欣逢假放，中心多歡暢。
身心長揚，寫詩發清長。
秋來淡蕩，紅日正初上。
水天煙放，晨風微微漾。
好自悠閒，不急又不忙。
隨緣任往，應許天晴朗。

陽光正放

陽光正放，午後且清閒。
生活過場，隨處是故鄉。
不必緊張，天塌有人扛。
日正晴朗，燦爛是秋陽。
何必多想？何不學雲翔？
天蒼地廣，任我馳與航。
世界滄桑，只是夢一場。
百年辰光，轉眼鬢斑蒼。

天陰何妨

天陰何妨？意氣自飛揚。
紅塵萬丈，盡拋去遠方。
激越慨慷，放眼天涯邦。
瀟逍風涼，一洗我心腸。
黃花又放，秋來動地香。
倚窗閑望，落葉斑且蒼。
世界任往，擾我名利傷。
不多言講，道起話千場。

清夜靜悄

清夜靜悄，人聲偶然鬧。
心境特好，寫詩舒心騷。
好自逍遙，人生無限好。
神清氣瀟，發語應奇妙。
如水傾倒，千言難競了。
秋蛩正叫，聲聲情懷抱。
月華正俏，秋夜如斯好。
車聲噪噪，路燈相映照。

天氣和平

天氣和平，浴後覺清新。
寫詩有興，藍天走白雲。
人生何云？只是風雨行。
艱難攀進，會當凌絕頂。
悠悠心境，向誰說分明？
一點心情，詩中有反映。
也曾驚心，涉過滄桑境。
而今心定，可惜星星鬢。

秋蟲未唱

秋蟲未唱，惟聞噪聲響。
鞭炮又放，車聲走狂猖。
天氣漸涼，覺需添衣裳。
靜坐思想，初更心緒暢。
與誰商量？情懷向誰放？
一點情腸，只是拋遐方。
天遠地長，百年走艱蒼。
何思何想？百轉是柔腸。

隱聽蟲吟

隱聽蟲吟，五更天未明。
涼風經行，早起覺心清。
更有何雲？只是吐心情。
歲月風雲，化作詩意行。
人聲正定，路燈依舊明。
車聲噪音，如舊一般淩。
時當太平，眾生誰人醒？
短詩微吟，共彼秋蟲鳴。

落葉斑蒼

落葉斑蒼，吾立天地間。
明日霜降，天氣未曾涼。
何必彷徨？何必苦思量？
華年正放，容我放膽闖。
拋去蒼涼，紅日正東上。
天際煙放，晨靄濃淡間。
詩意激蕩，欲放萬千章。
打住不講，擱筆奏絕響。

灑脫心跡無塵

灑脫心跡無塵，閑對落葉紛紛。
靜坐清我心神，誦讀詩書晨昏。
秋來早過三分，心事只是沉穩。
長欲梳我心身，萬語難訴真誠。
不惑共誰細論？平眼天際煙昏。
清風吹襲陣陣，爽我筆下生春。
往事不必重審，明日正待飛奔。
無限心胸層層，遠勝山水疊生。

暮煙又蒼

暮煙又蒼，心事彷徨。
敢問伊人何方？
歲月任往，我心更張。
只是此情悵惘。
悠悠心向，共此煙傷。
苦痛療治何方？
淡泊之間，執著何妨？
默默靜坐惆悵。

心緒蒼茫

心緒蒼茫，問路在何方？
情懷更張，獨立何相向？
流煙飛殤，秋來動地蒼。
落葉又降，只使我心傷。
不惑長望，天命正茫茫。
回首煙涼，余心彷與徨。
不說蕭蒼，不道短與長。
一點情放，吐出共雲翔。

不盡情腸

不盡情腸，難數是家常。
孤自獨往，行旅苦滄桑。
難以揚長，背負著思想。
重載應放，何不展翅翔？
生活苦嘗，只是酸心腸。
百歲艱蒼，白了眉如霜。
肩挑理想，千斤未敢放。
秋來長望，暮煙蒼又茫。

世事任往

世事任往，煙雨苦滄桑。
清貧何妨？不滅是思想。
靜坐思長，亙古入筆放。
壯歲念暢，世界在我膛。
不談蒼涼，不作瀟灑狀。
平平常常，質樸淡淡芳。
持身何往？天路是艱蒼。
心燈照亮，世界有平康。

世界滄桑

世界滄桑，誰解其機簧？
盤算花樣，只是夢一場。
任運而往，人生如水放。
暮煙正蒼，我且抬眼望。
瀟蕭心涼，誰共我情腸？
一點菊芳，解盡人生香。
輾轉彷徨，人生是過場。
煙雨蒼黃，荷負有理想。

不盡思想

不盡思想，情懷長放曠。
靜坐心涼，一似煙雨蒼。
秋深葉黃，東籬菊有芳。
路上車狂，引我思緒蕩。
輾轉平康，不盡暮煙長。
憂傷應放，誦讀彼詩章。
孤身前往，百歲秋春翔。
天際蕭蒼，鳥語起彷徨。

散步信往

散步信往，歸來汗微漾。
衣襟大敞，惜無風可涼。
淡定身向，名利未縈腸。
一似雲翔，淡淡徜又徉。
我心有傷，只是無處放。
惟向詩章，吐點清新芳。
不言既往，抬眼且前望。
華燈正放，霓虹七彩光。

志在清嘯

志在清嘯，寫點詩頗好。
紅塵飄遙，養點雅趣高。
不顯懷抱，不露山水瞧。
平常笑傲，黃花東籬俏。
人生不老，容我開懷笑。
冷風清高，幾人識其妙？
週日興囂，散坐誦詩逍。
一點情俏，更入詩中瞧。

瀟逍心襟

瀟逍心襟，何必求人領？
天涯有興，化作長風行。
平生盡情，灑脫似水雲。
一點心境，清心入山嶺。
紅塵囂鳴，千年一夢境。
誰持清心，識得真人情？
我有心境，出得彼世情。
回首不驚，笑對風與雲。

放曠閒情

放曠閒情，清心對白雲。
灑掃心境，流水有清鳴。
不必傷心，世事自分明。
不惑情境，只是知天命。
孤身行進，萬里風與雲。
驚濤曾領，渡過有清平。
真想高鳴，只恐世人驚。
曠世清情，惟向詩中行。

晨光燦爛

晨光燦爛，紅日正好看。
我心安安，和靜且平展。
歲月荏苒，不覺天又寒。
霜鬢未看，菊花滿頭安。
心境瀟淡，一似秋雲般。
雄襟未展，幾時能鋪看？
我不畏寒，冷風一任展。
心無黑暗，明亮又璀璨。

寒風來侵

寒風來侵，葉落飄滿徑。
天又轉陰，冷雲飛且行。
瀟蕭心襟，只是無人領。
獨向詩吟，會得是閒情。
浮生滿憑，中心起清鳴。
不必沉吟，還正有激情。
壯歲風雲，回首令人驚。
放眼層林，黃綠正清心。

昨夜雨臨

昨夜雨臨，電閃雷又鳴。
今晨天晴，紅日正分明。
寒風又侵，天冷初次臨。
落葉飄零，只是老我心。
回首曾經，走過風雨境。
而今心領，仍是多有情。
獨立何憑？滿目秋意勁。
一點騷心，惟向詩中云。

中心蕭愴

中心蕭愴，不必多聲張。
更向紙上，寫點清與涼。
平生水放，只餘額上霜。
驚聽鳥唱，寒中未淒蒼。
陰雲又上，冷風吹且蕩。
東籬花黃，此時正鬥霜。
人生驚唱，一點蕭與涼。
水雲之間，漁樵有悠閒。

半生放曠

半生放曠，領得滄與桑。
眉間眼上，平正且清涼。
秋來正愴，落葉滿地霜。
蕭蕭風涼，一似我心腸。
不回頭望，余得是煙蒼。
天際靄放，彤雲點綴間。
好自悲壯，風吹嘩啦響。
更向詩章，書點淡淡芳。

淡定以往

淡定以往，不必驚與傷。
風雲展放，只是鋪與張。
人生蕭涼，獨立對風狂。
秋來天蒼，寒風凜冽放。
萬言難講，只是透心涼。
人世更張，一紙兩面間。
東籬花黃，慰我心襟向。
默對天涼，無語改詩章。

心弦應張

心弦應張，改轍更何向？
淡泊之間，守我素與常。
天地蒼黃，玄妙實難講。
靈心點亮，照徹夜深長。
風聲正狂，靜坐獨思想。
與世和光，隨緣任運放。
晨起鳥唱，余心得舒暢。
更向詩間，點評與講唱。

我心歌唱

我心歌唱，孜孜難掩藏。
眉間眼上，更譜入詩章。
少年何往？只余兩鬢霜。
一任時光，注解歲月蒼。
喜愛秋光，不盡是涼爽。
我意飛揚，出得天地間。
壯志揚長，不在一時講。
來日方長，待吐英雄芳。

蕭蕭秋涼

蕭蕭秋涼，惜無飛雁翔。
靜坐思長，亙古入我腸。
閉門關窗，寒潮正襲蕩。
暮煙輕揚，遠天不盡蒼。
萬言發揚，不盡是衷腸。
轉思之間，會解人生芳。
秋菊正黃，一鬥彼寒霜。
林羽滄桑，有點悲與涼。

心燈點亮

心燈點亮，照見世路長。
百歲時光，掩在彼滄桑。
秋深何妨？心境且安祥。
詩書清香，伴我晨昏芳。
不必悵惘，秋來鬢華霜。
少年任往，留有詩千章。
寫詩清香，吐得心襟放。
敢與菊芳，一鬥短與長。

紅霞絢爛

紅霞絢爛，日出真璀璨。
天氣竦寒，窗閉門又關。
我心安然，餐後詩把玩。
一點心感，譜入詩章看。
何不欣然？人生如霞般。
壯歲回看，已過千重山。
吐氣如蘭，詩香共菊翻。
晨昏清淡，緩步出塵寰。

晨起清寒

晨起清寒，日出待細看。
天光燦爛，爽我精神安。
好自興歎，歲華如翻瀾。
秋深有感，黃花滿頭簪。
心境淡淡，霜華堪展玩。
放眼塵寰，天際蒼煙展。
不作好漢，不向名利看。
處身清淡，願共漁樵伴。

吞吐回腸

吞吐回腸，與世有商量。
一點情長，淡似秋菊芳。
我願飛揚，跨越彼穹蒼。
共風同唱，天地狂飆放。
暮煙又蒼，落葉遍地放。
佇立長望，心地起輕悵。
歌聲悠揚，動我心弦張。
激情昂揚，提筆書奔放。

暮煙濃重

暮煙濃重，四野未有風。
我心從容，步履亦輕鬆。
行走如風，涉過風雨中。
回首沉重，霜華漸漸濃。
只是情鍾，孤旅不言痛。
默對時空，心事向詩誦。
落葉飄風，我心有感動。
人生如夢，只是一瞬中。

靜坐情動

靜坐情動，誰與我心同？
明日立冬，時光正匆匆。
心事空朦，難言復難誦。
情來洶湧，化作詩意濃。
青春隨風，只留雲與夢。
萬事空空，何必執著中？
不言心痛，並非不沉重。
只是有夢，仍須要行動。
生涯情鍾，付與山水夢。
願作清風，行遍寰宇中。
瀟逍襟雄，何必英且勇？
對月吟風，清逸曠古同。

心事難明

心事難明，何必強去吟？
靜坐舒心，得點閒散情。
雅意難云，大道向誰鳴？
獨坐警醒，糊塗可不行。
身心要緊，不可泥淖進。
清我性靈，飄逸似水雲。
塵世艱行，勞我心與靈。
放曠詩情，出得彼世境。

我心清靈

我心清靈，脫得彼世情。
詩意長興，閑把身心吟。
好自清新，不沾汙與淋。
長是輕盈，飄逸似山雲。
空際無音，大道向誰鳴？
總持靜定，晨昏漁樵情。
詩書縈心，丹田氣充勻。
發語清俊，空穀有回音。

幽意何必鳴

幽意何必鳴？蘭操清映。
晨起余有興，閑把詩吟。
只是傷了情，心懷誰領？
放眼薄霧興，天尚未明。
路燈猶自明，車聲狂鳴。
我心獨靜定，梳洗性靈。
人生實難云，何必多情？
只是一顆心，鼓蕩不停。

一生逍閑

一生逍閑，願共漁樵唱。
白雲浮漾，只是清我腸。
此際霧障，世界迷且彷。
期盼太陽，從速放光芒。
我心高唱，一曲真嘹亮。
迴旋久長，天地多奔放。
人生難講，百折是艱蒼。
惟有思想，流貫淡淡芳。

東風浩蕩

東風浩蕩，陽光穿霧放。
一點心芳，卻向何處講？
世事品嘗，只余是心傷。
抬頭長望，天涯是故鄉。
好自心涼，發詩有蕭蒼。
一點奔放，覺來也憂傷。
何必心傷？應能悟而放。
嚮往穹蒼，展我雙翅翔。

靜定安祥

靜定安祥，思想多激蕩。
天蒼地廣，容我長飛翔。
好自昂揚，抬眼天邊望。
穿透霧障，惟有憑思想。
不必悲傷，人生轉眼間。
應許曠放，春秋自含芳。
傲骨剛強，長似梅花椿。
冬來開放，一點淡淡香。

志發清長

志發清長，共彼清風揚。
天地清曠，我有真思想。
吟詩清芳，不必有人賞。

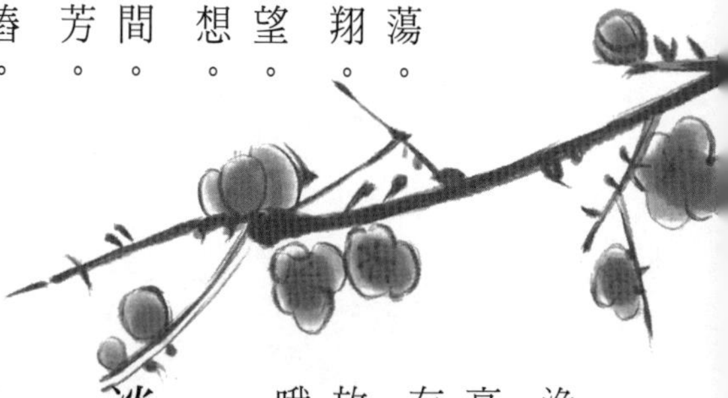

漁樵志向，山水清音芳。
高歌清靚，出得塵世髒。
有雲悠閒，飄向碧山崗。
放目遠方，天際煙蒼蒼。
哦菊興長，口角噙餘香。

淡定之間

淡定之間，不必怎麼樣。
天久地長，只是思與想。
有情娟長，付與煙水間。
一點奔放，譜入詩意芳。
男兒貞剛，傲立天地間。
發語清揚，一似蘭蕙香。
少年已往，留得兩鬢霜。
輕步揚長，曠放山野鄉。

瀟逍紅塵

瀟逍紅塵，多情誤我生。
檢點秋春，只是閒散身。
落葉紛紛，霧鎖樓臺昏。
散步與逞，灑脫十里程。
汗出輕身，詩興昂然生。
一篇清純，會解乾與坤。
悠悠晨昏，放眼盡雲層。
百年人生，長是興致身。

放開思想

放開思想，人生多激蕩。
百年之間，存得是詩章。
不回頭望，前路萬里長。
奮向前闖，克盡山水障。
一吐衷腸，熱淚喚兩行。
青春消亡，華發自蒼蒼。
世事任往，行旅苦滄桑。
歲月清長，白雲悠悠翔。

心想飛翔

心想飛翔，時空無法擋。
天路奮闖，一路揚且長。
心襟清亮，好似彼星光。
閃爍之間，映出真天良。
滄滄桑桑，千年換萬象。
定定當當，步我人生場。
不求名彰，不求利來訪。
清貧願嘗，田園是志向。

智興圓方

智興圓方，世事任其翔。
吾持中間，淡走有悠閒。
歲月揚長，磨歷自非常。
點滴入腸，養得脾胃香。
何不放曠？逸興水雲間。
去向山鄉，嗅點松蘿芳。
人情怎樣？只是斷人腸。
真情何向？是在煙水長。

自性清涼

自性清涼，小子本尋常。
出得雲間，去向天外航。
天路漫長，一路艱與創。
恆向前望，幾多坎和傷？
瀟逍心腸，不在利名間。
我且揚長，放我思與想。
且自遠航，何懼悲淚淌？
長自飛翔，天宇有星光。

安然動我真思想

安然動我真思想，只是情難講。
紅塵任其放萬丈，惟是名利場。
我心有情欲歌唱，恐驚人睡香。
輾轉心思入詩鄉，賦出淡淡芳。
欣聽晨鳥嬌囀放，我心為之揚。
漫天大霧鎖蒼黃，路燈微透光。
不言獨自裁詩章，一篇發交響。
丈夫志剛何必講？應如菊花香。

人生理應有思想

人生理應有思想，富貴只是把人傷。
靜對晨霧性有光，內視心扉層巒放。
閑走秋春任風揚，俏對冬夏梅荷芳。
百年生死轉眼間，勸君一生務向上。
天國才是正確向，奮發志向始可闖。
清心養得真志剛，慧意來從豈尋常？
吾今對汝老實講，修身應縱雲外翔。
冬來霧鎖不迷茫，心有真光照路長。

不由自主長想

不由自主長想，世界美妙無雙。
天父創世無疆，天路美好安祥。
浮生只是坎傷，勞我百年死喪。
立志奮發向上，要去天國福享。
莫畏路途險艱，我志清貞如鋼。
大牧是我良長，天使領我飛翔。
突破時空屏障，塵外星光閃亮。
一路靈歌競唱，響徹世界穹蒼。
靈程不是好闖，魔敵處處阻擋。
群羊跟主前往，戰場殺烈悲壯。
此際濃霧狂猖，層層密鎖玄黃。
中心有光透亮，照見前路遠長。
山高水深奔放，歡歌清靚悠揚。
雲帆恆是向上，直達天國故邦。
天父倚門正望，候我返回家鄉。
周日靜定思想，感恩我心激蕩。

歲月只是如風

歲月只是如風，醒來萬事成空。
人生容我從容，漫步宇宙蒼穹。
漁樵是我友朋，松月洗我心胸。
放眼世界朦朧，一派秋雨春風。
閒時不妨輕鬆，靜聽古琴韻動。
生活百年匆匆，回首霧鎖樓瓊。
悵惘不必縈胸，晨昏應有情鍾。
天籟自是和同，海內寰宇清風。
大道流貫無窮，妙曼難以形容。
浮生叩道心濃，天路長是窮通。
生死醒悟誰共？默對詩書思湧。
發語警世何功？一任流年如風。

雅意來侵

雅意來侵，欣聽彼清音。
古琴有韻，似訴君子心。
濃霧淫浸，不見樓臺影。
靜坐散心，幽音緩緩聽。
世界夢境，應省余之心。
操守清俊，屏卻名利縈。
清清雅韻，養吾蘭蕙情。
發語清新，體味真性靈。

第二部 微博精選

新近微博精選

2015-5-10至2015-5-30

人生短暫，浮生如夢，惟思想和美德永存。

浮泛的人生中，堅忍為生存和成功的不二法門。

站比跪好，儘管壓力巨大。

無盡的黑暗之中，一點燭光，即是最可愛之物。

生存，只是為了生存，這樣的生存有何意義呢？人是有思想的動物，靈性乃是人的根本。

孤獨的人生，是思想者的特權。

思想是沒有邊界的，有框子限定的，不是叫做思想。

學海無涯，清思曠雅，坐定論道，質樸持中。

師從造化，體道清雅，人生何從？思想生焉。

淡定的歲月中，總有許多美景，令人難忘，這是生命中真正的財富。

悲喜的人生之中，何謂大徹大悟並能通達無礙？這是不易達到的境界。如何修得？請從心開始。

紅塵幻變，人世浮沉，思想一若方舟，救度我們向著遙遠的天際而去。

蕩漾的情思，誰不曾具？人世的苦海流連，尋覓生命的真正意義，這是人始稱為人的根本所在。

名利縈心，損人性靈。心系水雲，共世浮沉。百年生命，如花易逝。老而何悲？不必淚垂。

漫浪的人生中，應學會欣賞風清月明，拋開一切的苦痛，奮力地前行。標的遠在萬里之外，努力地向前進吧。

雅潔的心靈，是世上無價的財富。清白的人生，是值得至高的尊重的。

心靜不易，浮躁未可，人心恆在動盪之中，是為一大苦惱。暢快是不易達到的境地，苦難和苦痛是人生的必然的伴生物。苦難是人生真正的學校，從中可磨礪出非凡的意志和品格。名利幻境，不必執著，應悟清空，長效清風白雲，自在浪漫。噪噪塵世，眾生皆是過客，喧嚷之間，惟德行為貴。修身事大，一生致力之，可為君子。

優雅的人生是值得推崇和羨慕的，一如山谷幽蘭，清芳四散。浮生若夢，何必執著於悲喜之間，隨緣而運，自在無為，可矣。雅思良長，百慮皆非，心懷山水田園，嚮往明月清風。淡泊是智慧之先身，隨緣乃人生之必備。養生家言，無使汝思慮營營；誠哉斯言！只是難以一貫做到做好。怠惰是人生之大敵，勤奮為成功之熱身。品味人生，有多種角度；移步換景之間，應持從容的態度，只是有時不易做到做好。

絮花飛舞，是這個季節特有的景致；只是，你的心境，與她一起飛舞了嗎？

紅塵大千，幻化桑滄；只是，你的心，還持有一份清純和雅正嗎？證道空空，妙持圓通。因境不變，共緣從容。

休憩，是為了更好的前行；風雨的人生，持手而行，是一份難得的浪漫。

孤寂也不妨，梅花的清淡，傲寒的俊骨，原不求人理解。

朋友多是一種境界，沒有朋友，是另一種境界；孰優孰劣，難分高下。以平等心待人，君子之交淡如水，我的友朋觀，與世人大不同矣。

思想，是一個探索的過程，苦痛是其必然的伴生物。

沒有思想的人生，正如沙漠中的跋涉者，陷入無邊的艱難之中。只是，探尋思想的過程，也許更為苦痛，但卻是痛並快樂著的。

萬化之中，一切的流變，其意義何在呢？不同的人有不同的見解和理解，至今還沒有統一標準的答案。

人生，不過是積累錯誤的過程，這是必然的。而從生活中，我們所獲得的智慧，是何其地少和不夠用呢？

芊㒱的心境曠飛天外；遐思，是人的特權。

執著而非固執，靈活卻不圓滑，這是做人的根本和根據。

如煙的往事，裊起人的情思；對未來的期待和嚮往，這是我們尚未老去的象徵和表現。

道德，是衡量人生的第一標尺。

道德的強化，人格的自我完善，永無止境；這是人生的要義。放飛心的夢想，只是腳須踏在實地。

內在美比外在美重要和高貴。

淡蕩的襟懷，須懂得取捨，過多的負重，實在是人生的缺憾。

水雲輕嫋的意境，本是東方特別是中國文化的特長與特色。人生，重要的是勿為名利所淹沒。

世事滔滔，演繹多少悲喜的故事；人生，持有一分淡定，才活得從容和踏實。

萬金難醫俗。豁達的情懷為人生所應必具。灑脫的心地，才能高飛萬里，叩求真理於無涯。

思想和心靈的質地，決定一個人的品味和情志，這是真正的無價財寶。

天下雖大，不過一地球村。宇宙至廣，惟思想可以馳騁。造物的偉大，豈是言語所能形容？

百年浮生，不過短暫的一瞬。萬古的歷史之中，惟思想與美德長存，為後人所永恆紀念與珍視。

錢不必太多，易成包袱；錢也不宜太少，許多想幹的事幹不成。清貧未必不好，富有何足為貴？

對待生活，應持有一分詩的意境，美因此從中而生。學思雙舉，貴在實用。不僅指當下和眼前的實用，更在於長遠的甚至於不可見的用處。

半百的生涯，回首平生，無愧自己的良心。錯誤和失誤在所難免，不必過責，重要的是努力避免今後犯同樣的錯誤和過失，這是人長進的必然之途。

鑽進錢孔，不能自拔，是人生最大的敗筆。

煙霞放浪，曠懷清正，孤獨何妨，共世沉浮。

笑傲塵世，吾願為智者；詩意人生，我已哦詩逾萬首。夫復何必多求？曠對清風明月，一杯清茗，即已韻味無窮。

該來的來，該去的去；似水的流年，記憶的浪花，萬千的遐思與曠想，俱化入詩文之中。此生願著書十本，亦是雅事。浪漫是我的特質。

厚重為仁人君子所必備和必具。

人須對得起自己的良知。天理昭彰，未可欺也。

物欲迷人，清心事大，苦海無邊，應能早登彼岸。

樂以忘憂，大不可也。

人生難得事事如意，憂患時常襲我；貴在廣種福田；積德行善事大，因果報應不爽。

人生真的不如石頭，這是從堅固性上說的。人是萬物之靈，這是從心志與情感方面說的。

苦旅生涯，應能喜笑才好；回味平生，何必介意得失。

大化載我以形，隨波逐流，因勢利導，不執於物，可矣。

妙曼的人生，惟思想可沖決一切阻滯，曠游無際的時空之中。思想是人生的特權和標誌。

迷離的煙雨之中，何不持有一份質樸清空，這樣，幸福感容易襲來。

化複雜為簡單，才是真本事。

堅忍，是成功者的要質。

歲月的年輪，碾過多少青春的傷痛。斑蒼的素髮，卓然已是成熟的標誌。

自謙乃是一種良好的品格。但過於自謙也不好，吾取適度而已。

歲月催人以老，笑口常開是必。人生的意義在於，努力地為這個世界和眾生做些什麼。

浩蒼廣宇，隱藏著無盡的秘密；閃爍的星光，導引探索的旅程。奮發向上，致力行遠，是我們的責任和義務。

淋漓盡致的人生，就是要呼出長思短痛，活出真正的品味和境界。

人是高貴的品種，不是奴才的代言詞。

眼耳口三寶，閉塞勿開視。古人的養生格言，誠無欺也。

該放手的放手，這是人生的智慧之一。

優雅襲襲的人生，是該推崇、嚮往和持有的。

慈悲為懷，與人為善，這是做人的本份、義務和責任。

修身事大，貴在一以貫之。晨昏之間，應能三省吾身。

篤定，是一種難以企及的境界。匆促之間，應留有思省的餘地。

防患於未然，是一門大學問。

格物致知，此「知」有兩層含義，一曰良知，二曰辨知。

一切文明的成果，均是特定時空的產物，均有其局限和不足。

一切宗教，均有其致命的內傷和不足。

歷史的車輪，是一切眾生共同推動的。人類的文明史，不過是至高造物的作品。

展望明天和未來，應拋開悲傷與絕望，畢竟，明天又是新的一天，希望恆在。

夢幻的浮生啊，我拿什麼比擬你？醒轉時分，惟悟徹清空而已。

何必多言，何必多言，人生，應留有沉默的餘地。

沖決思想的牢籠，才能曠飛蔚藍的天宇。

人生，不過是彈指的瞬間，欲想不朽，惟立德立言可行。

敞開心扉，才能接受和擁抱陽光。

虛偽是人生的大敵，真誠是良知的產品。

物欲易蒙蔽人的性靈，對此應有深的警惕。
青春是激情發揚的年代，壯歲惟存有大器晚成的希冀。坦蕩的心胸，才能裝得下大千。憂鬱的情懷，只能回憶著過去。前進吧，未來在等待和召喚著我們。
說的比做的好聽，這是世界的通病。
信言不美，美言不信，古人的智慧是大的，這樣的警世格言適用於現在和久遠的未來。
猶記少時的清風朗月，痛惜方今的環境污染，事在人為，誰荷其責？
責人必先正己，何妨寬以待人。
專業性意味著狹隘性，通才最好，只是難得和難以做到。
長袖善舞，只局限於自己特定的熟悉的領域；在大多數情況下，我們都要努力做一個好學生，且要堅持一生如此。
蒼白的人生是可憐的，清白的人生是至為珍貴的。
人生免不了傷痛，風雨滄桑過後，曠然淡定，觸目俱是別一番風景。
德才兼備方好，踐行最為可貴。
胸中氣象萬千，卓然富含風景。展眼清天朗日，淡享明月清風。
厚道為做人之第一本份。
哲理與詩情，是我最為喜歡的。只是，人生一如行旅，哪裡能都洋溢著詩情畫意呢。那就將哲理與詩情涵養於心中，時不時地一吐胸臆，化作錦繡的詩文，也是人生的一大快事了。

思想的鉅子，荷負著巨大的苦痛和重壓，肩住了黑暗的閘門，放孩子們一條生路；這是魯迅先生的形象。追慕前賢，不可不有所為也。

粗鄙為人生之大敵。

任何時候，謙和總是好的，這是一個人涵養的表現。

做人須有原則，混世大可不必。

沾沾自喜，是不好的境況；因為他離驕傲只一步之遙。

博學深思，請從致良知始。

心為情主。心端正，情始端正；心雅潔，情始雅潔。

物欲牽人；心靈的解放和自由，是人生乃至人類真正的解放和自由。

清淡的人生才能溶入水雲，享受許多人享受不到的風景。濃烈，只能增加人的血性。

以德馭才是人才，以才馭德易成禍害。

華年易逝，老漸來迎；清持豁達與超脫，奮勉晨昏與朝夕。

拙正好，纖巧不好。拙正大器，纖巧柔弱。

不必執著和介意於一時；達成長遠的目標，才最值得稱道和歎賞。

跬步千里，人皆盡知；持之以恆，千不及一。

笨拙固然不好，但比奸滑要好得多。詭詐最要不得，這是致人死命的毒藥。

我欲長泛五湖，盡覽江山秀色。青眼長睹宇宙事，妙筆書出心中雅。煙霞明月之間，獨舒一份性靈，這是人生莫大的快樂。

一切於幻變之中，惟至貴的親情永恆；父母之恩至大，難以言報。是以孝為百善之首。

人走茶涼，這是國人的處事方式和行為準則；世態炎涼，於此可見一斑。

扎實地深入，而不是淺嘗即止；說起來容易，做起來很難。

情志的舒適，是幸福感的來源。希冀幸福和快樂，是人生存在的重要理由。

志須遠大，但當從小處著手；細節決定成敗。

名利害人於無形，不必過於介意金錢的多寡；貧窮固然不好，但亦有助於操守的清持。

雞毛易於飛上天，黃金恆沉水之底；這是自然的常象，也是現實的具相。於中可窺見人世的真諦。

博愛為懷；我視所有人為朋友，於是便沒有朋友。

沉浸於思想，就易於忽視致用；這是應努力防止和避免的不足與過失。

流氓和騙子總是很活躍，君子與雅士常常很隱匿。

一鉤新月在掛，遐思傾向萬里之遙；城市的燈火迷離，是否誘殺了你少年的純真？

老大的情懷不必悲傷，無論世事多麼殘酷，我們畢竟還有遁入宗教一途。

因嫉生恨，是小人的通病。

壞人總是不喜歡好人，他們常用的手法之一是把一個好人說成是壞人，這樣好壞顛倒之後，他們自然就變成好人了，但這樣的好人總是以害人為生的。

思想是寧靜的產物，一切浮躁均離真理太遠。

道德的境地，是人之所以為人的境地。

壞人常偽裝成好人，好人卻不必偽裝成壞人。

美好的情感是從心靈中發出來的，心美情才美。

人須持有定力，勿為外界的幻境而迷失本真。

豁然是一種克服了困難與迷惑之後所達到的爽雅的境地與境界。

決毅是一種美好的品格。

不要太計較一時的得失，而要目光堅定地關注長遠的目標。

釋然是一種淡定的的人生智慧。一夜的暑雨過後，落紅漫地，有殘缺的詩意的美。人生和世界本就是如此，惟智者可超越於一切的名利得失之外，豁達大度，奮力前行，向著既定的高遠的目標，不折不撓地努力攀山越嶺風雨兼程而去。

人生雖有時不得不有所依靠，但更重要的是自立自強。

第三部　隨筆

第一卷《蔚藍集》——心靈細語

2014-12-30至2015-1-8

正直是為道。
公平正義乃國之四維。
務須珍惜點滴時光，努力走在時間前面。
堅持正直，公平正義。惜時如金，前瞻運行。恆久創新，遇事合議。事事如意，黃河水清。
人盡其才，物盡其力。
垃圾分類，回收利用。
灰勝紅，藍亦勝紅。
青出於藍，而勝於藍。
青色為主，灰色為輔。
登山人為高，萬里足下行。
心地和平，謙以為人，正直去幹，四通八達。
德稱其位，德不稱位者下。
防微杜漸，謹慎細心。
克始成終，恆進無垠。
萬教當升級和合為一教，就是全新的新基督教。潔白的羔羊，即聖潔的基督教教徒，均得到永生的拯救、幸福和榮耀，而耶穌當引為永遠的記憶和紀念。

愛是宇宙間至高久遠最大的權能和法則，違背者一律歸於死滅。陰陽和合相生，陽帶動陰前進、上升和轉化，共同趨向並逼近於純陽，走向永恆的光明和永生。

新文明的思維及行動模式是「外方內圓」，遠不同於舊文明的「外圓內方」；「方」則剛正，趨於乾元；大哉乾元，恆進永遠無垠。

心存善念，慈悲為懷，愛生護生，共建大同。

愛人如己，約身自重，自強不息，恆進不止，揚眉吐氣，天人合一。不看別人臉色行事，做自己良心和正見的主人。三位一體，和同歸一，一謂之水準均衡，惟天稱之。

見義勇為，飛龍在天，中華騰飛，共建盛世。

厚德載物，大愛無疆，包攝一切，無所不為。天行健，康樂自強，奮發向上，未有止疆。神人合一，是謂神人，神人永生。

偃武習文，日月麗天，文明恆進，無有止疆。世界和同為一國，是為上帝所祝福和保佑的永恆的中國。感謝神恩，直至恆遠。

人與自然和諧相處，永續發展進步無垠。

發揚個性自由，充分揮灑活力。

中西合璧，相得益彰。

普法平等，共生共榮。

同心好，團結不好，個體及個性自由為上。人最重要的是努力做到與神同心。

敬則過少，奮進功不虧。

心未可蒙昧，務必警醒和安，有備必無患，樂以忘憂矣。

努力做到有求必應，宜分步視具體情況有序靈活實施。

得饒人處且饒人。

不做虧心事。

一切陰毒必須徹底去除，務使眾生皆具良心、善心、正知、正見和正念。

天下久分必合，惟有德者統之。

努力追求德行完備的人有福了，因為他們必被稱為上帝的寵兒，領受那從父神賜下來的豐盛的恩典。願一切榮耀、智慧、珍貴和讚美都歸於全能至愛的父上帝，他必與我們同在直至永遠永遠永遠。

無為而治，造化自然。萬類皆得恆久的幸福和自由。

處事決斷言行務須凝重，未可隨便大意。大事須三思而後行，小事則再思而行可矣。

豐盛而完美的神恩如同光明的太陽，永遠不落，直至恆久。領受神恩的人是有福的，必超過所想所求。

人是自己思想、行為及心靈運化的主人，人到神的跨越和認證，人對自我的真正認識，乃是歷史上最大最重要的跨越和突破，從此，歷史掀開了新的一頁，進入一個蓬勃發展、恆久向上、奮進無止的發展時期，而人類認識自我，推進文明進步的腳步永遠不會停下，直到永遠永遠永遠永遠。

歷史是螺旋式發展和上升的，突破一個相對的圓滿之後，歷史進入了一個新的發展時期。而人類文明的發展已遠遠拋離了黑暗，進入一個不斷更為光明燦爛的發展時期，直至永遠和永恆。歷史的經驗和教訓，值得總結，垂為永久的記憶和警戒。祝福天下有情人終成眷屬。愛是宇宙間最大最珍貴的財富，擁有至愛的心靈是最為可貴的心靈，擁有至愛情懷的人民是最為可愛的人民。真誠地祝福天下所有父老鄉親兄弟姐妹們幸福恆久，萬壽無疆，共建美好的大同世界。

按公義辦事，則人是自己的主人，人體現出神性；不按公義辦事，則人是自己和歷史的奴隸，人體現出魔性；而人性的進步和昇華的腳步永遠不會停下和放慢，恆是不斷進入一個新的更為光明和燦爛的發展時期和階段。

歷史在0與1之間切換、變幻、前進、開展並上升，直至無窮，無限地逼近於最終的圓滿。

歷史由簡單開展至繁複，又從繁複歸於簡單，如斯而已，不足道也。

天得1以清，地得1已至於寧，萬物得1已知自足，世界宇宙享受恆久的和平昌盛。

道在有心無心之間，妙用無窮。

人當以素食為主，儘量少吃肉類，漸趨於完全不吃，功德無量。

道德相生，道助德長，德促道壯，相得益彰，日益榮昌。

新中國正如一隻很有靈性的剛剛睡醒的雄雞，一隻腳放在舊中國，一隻腳橫跨歐亞大陸放在北美洲，向南昂首而立，喔喔地啼叫，迎接東升的朝陽，自由而舒情，十分地快意。神衷心地祝福幸福美好吉祥康樂富強的新中國，祝新中國前程似錦，興旺發達，直到永遠永遠永遠。

全民同心協力，奮發行動起來，共同建設綠色環保之一統江山，是為我們心心繫念日日祈盼的永存不朽的大同社會和幸福美好的光明世界。

第二卷《化工集》— 心靈感悟

2015-1-8至2015-1-9

以人為本，情繫眾生。努力為人民服務。我為人人，人人為我，形成優秀的社會制度和優良的社會風氣，並日臻完善完善更完善，美好美好更美好。

淨化心靈的工作與過程永無止境，須時時自警，奮發向上，切記在追求永生的路上，我們永遠而且必須自強不息，奮進無垠。

應充分保證公民有足夠的生存及發展空間。在私人空間中，私比公大；在公共領域，公比私大；公私互利，合作雙贏，共同成長和提高，不斷發展壯大，永無止疆，前途無量。

人要多做批評和自我批評，及時改正缺點和錯誤，努力向前奮進。吾日三省吾心，可矣。

人應體察父母的心，努力做合格的好兒女，盡力去報答父母的養育之恩；對我們的天父天母，更應如此；努力讓父母親生活得更快樂，更健康，更長壽，直至萬壽無疆。

人也不可過於苦了自己，在努力學習和工作的同時，應有適度甚或充足的休閒及娛樂時間及空間，享受美好的現實生活，這是蒙神允許且祝福的，因為神造人及世界的本意是為了彰顯愛，是要讓大家都過幸福的好日子；有時神管教我們，是因為我們犯了罪（包括原罪和本罪）；努力知錯就改的人是神所喜悅的，他們必稱為神的好兒女，神必將豐盛的恩賜源源不斷且充充足足地澆灌下來，使大家生活如同芝麻開花節節高一樣，直到永遠永遠永遠。

關於黨與政府的關係，黨要管黨，且只許管黨，不許干政。

關於黨、政、軍的關係問題，黨須迅捷轉型為社會公益組織且最好是綠色環保組織，政府要以努力為公民服務作為最基本且最重要的宗旨；軍隊須服務於最廣大且最大多數的公民，軍隊的規模須迅捷減小直至最終的完全消失。在新的文明架構中，地球成為真正的地球村，一個新型共和性質的政府組織及層次結構沒有任何政黨及軍隊存在的可能及餘地，政黨及軍隊已完成其自己的歷史使命，壽終正寢。

張馳有度，寬嚴結合，因時因地，時中而已。

水潤下，治理黃河之策，在於裁彎取直，如同一江春水向東流一樣，一河清水亦徑直向東流。

治水之策，在於因勢利導，分導結合，該分流的須分流，該導引的須導引。

隨著溫室效應的加強，未來氣溫變暖，青藏高原的冰雪會日漸溶化，治理之策，在於分導瀉之。南北極的冰雪不會大規模溶化，海平面不會明顯升高。

人有時要靠天吃飯，但更主要的是靠自己勤勞的雙手和自勵自強奮鬥不息的精神和意志，所謂三分靠天、七分靠己，可矣。

密切聯繫群眾，努力為人民服務，是一切工作的基本出發點和重中之重。

第三卷《暢達集》——心靈謳唱

2015-1-10

愛須有智慧。愛與恨是一對矛盾，正如牛頓第三定律所指出的那樣，作用力愈大，則反作用力亦愈大；愛越強烈，則引發和對應的恨越強烈；因此，愛與恨應適度而已，因時因地而善用之，吾持時中可矣。陰與陽之間的關係同於此。但歷史恆是向前、向上發展與進步的，所以愛必而且必須勝過恨，陽必而且必須勝過陰，由此而引發的矛盾只要不太大，處於可控制的範圍內即可矣。歷史的發展與進步，一如人之長途遠征旅行，應該而且必須掌握適當的度，過快則太累，過慢則達到目標所需的的時間過長。人生的最大願望，莫過於長壽，最好能永生不死，但促成生的因素與帶來死的因素，就如陽與陰的消長變化一樣，必須堅決保持並保證促生的因素與力量勝過促死的因素和力量，陽須恆生與恆長，陰須恆減並恆消，這樣才可以並保證人能獲得永生。當然，這是從總體和總趨勢上講的，歷史也偶有停滯與倒退，但一發現苗頭，就必須堅決採取干預措施，絕不允許開歷史的倒車，否則，將帶來人和世界的死亡與滅絕，而這是上帝所絕不允許和希望看到的。

愛之體現，曰仁而已；推己及物，兼愛天下。孔孟之道，貴在創新及靈活性地運用耳。

第四卷《朝陽集》— 心靈放歌

2015-1-11至2015-1-12

人倫之本，莫過於上敬愛父母與老人，中愛護妻子、兄弟姐妹和朋友，下關愛孩子與少年兒童。

心與行力求合一；心出於有意無意之間；言必行，行必果；行貴乎篤；知錯即改最好，迷途知返可貴，亡羊補牢未晚。

文明進步的關鍵在於打破一切的枷鎖，思想和心靈解放的空間是無限的，正如美好的春天，百花爭妍，千鳥齊鳴，萬類華滋，生生不息；這樣的春天已經來臨了。

世界，作為一個整體，恆分為陰與陽，正如能量守恆定律一樣和仿佛，陰與陽相加的總量是不變的，陰增長幾分，陽就減退幾分，陰減少幾分，相應地陽必增加幾分。但什麼叫陰與陽，陰與陽的本質是什麼？據我理解，陰與陽體現了宇宙的根本屬性，是一種信息和能量的存在方式和客觀存在，他們肉眼不可見，但體現於宇宙無限的時空中，正如全息理論所揭示的那樣，在宇宙時空的最微小的碎片和角落裡，都存在著陰與陽，他們對立統一，相護和合，相互促進，推動宇宙和萬事萬物的成長與進步；當然，陰與陽之間也存在著和平友好的競爭關係，但和合相生為主，競爭鬥爭為輔，而且，相互間的競爭與鬥爭是為了更好的進步與成長。掌握了這一點，就掌握了認識世界與宇宙真相的鑰匙，從而寸寸心鎖俱可以即時與相應地打開，人類認識世界和改造世界的潛力與前景是無限廣闊的，但必須做到的是，有所為有所不為，當止於所當止，尺度問題甚難把握，必須遵循天人合一的大道法則，否則必受上天的譴責與懲罰。轉基因問題就是如此。如果人類隨便更改動植物的基因，在程度上突破一個臨界點時，因產生的量變必引起巨大的質變，將產生災難性的後果，那是誰也不希望見到的。人類必須對自己改造世界的願望、智力和能力有嚴格的約束；生態平衡和可持續發展的理念必須得到高度重視，並自覺貫徹到行動中去。保護環境，人人有責，地球是我們共同並且唯一的家園，我們必須熱愛並保護他，每一個地球村的公民都必須時刻牢記這一點。

第五卷《發揚集》——心靈暢想

2015-1-12至2015-1-13

幹大事從發心起，心之所至，創化無窮，道於其中體現矣。運大道於掌中者，其為聖人乎？為真人乎？為仁人乎？吾未知其確者也。

仁者無敵，聖者不貪功，運化天地，道沖萬物，化工微妙；強為之言，立心幹實事而已。

農業乃國家之基礎與命脈，電力是關乎國民經濟發展之大事，理應切實保障農業的豐產與高產，電力發展千萬不可忽視。農業、電力、環保是立國治國的三要素。人口須保證基本穩定，以節約地球及環境資源，維持美好的可持續發展與進步。

順心而為，踏實去幹，是做事情及幹事業的絕竅及關鍵之所在。人應確立主體意識，首要的和主要的是靠自己，環境助力只是輔助性的因素。改造自我亦如此，外因通過內因而起作用。

古人云：「日新日新又日新」，我很欣賞並贊同之。人民群眾，一如川中之玉，終有水落石出展現風采的時刻和時候。人民群眾形成的巨大合力是推動歷史前進和進步的極其重要的力量與源泉，當然這麼說並不排除少數英雄人物對歷史作出的特殊與特別貢獻，其中最偉大的英雄人物當歸諸和屬於最高造物主耶和華上帝，神作為第一因，創造了極其生動和靈妙的大千世界，世界運化的規律我們稱之為道，而當人民群眾與上帝同心同意形成最大合力時，歷史才會遵循天人合一的大道法則去運化，獲得歷史發展的最優解與最佳值。

上帝與眾生的關係，類同陽與陰的關係一樣，上帝屬陽，眾生屬陰，陰陽和合，化生無窮無盡。

宇宙由陰陽和合而成，陰與陽相加所形成的物質、信息與能量各自的總和是恆定不變的，物質總量、信息總量與能量總量是不隨時間變化增減的，這裡我們稱之曰宇宙物質不滅與守恆定律、宇宙信息不滅與守恆定律、宇宙能量不滅與守恆定律。陰性的信息和能量增加多少，相應的陽性信息與能量就減少多少。所以說，世界在時間流中展開，我們可以逆時間流追溯進入遠古世界的空間情形，亦可以順著時間流努力走在時間的前面，相應的空間世界表現出各不相同的相，而相不可執，真實性與虛幻性並存，所以可以說人生和世界如夢幻，從而可以較好地理解佛教的思想內涵與宗旨。物質亦可轉變為精神，精神表現為信息與能量；精神亦可轉變為物質，即我們所感知的豐富多彩的大千物質世界。物質總量、信息總量、能量總量三者的總和恆是固定不變的，三者相互轉化，構成變化莫測的世界奇觀與現象。事實上，物質、信息、能量是三位一體的，沒有不帶有信息和能量的物質，也沒有不表現為物質和能量的信息，亦沒有不表現為物質和信息的能量。物質與精神亦是統一的，精神是更高形態的物質；世界統一於最高的精神實體，即至高造物主上帝。

學習之精神，貴在恆久二字。努力學習的人是有福的，他必蒙至高聖靈的導引，進入恆新靈妙的境地和境界。學以致用，是必須做到的，且是應當盡力去付諸實施的。天行健，君子以自強不息；大道恆昌，運用無極限矣。

無論學習、工作還是生活，均須忙而不亂，吾持時中可矣。人孰能無過，知錯即改，可矣；吾稱之為聖明。

第六卷《奮迅集》——心靈旅行

2015-1-13

聖靈充滿的生活才是真正的人的生活，這樣人才體現出神性；努力發揚光大神性的人是有福的，他們必被稱為神的兒女，是真正的義人，是脫離了原罪與本罪的清白的人，是真正意義上的新人。

人當守本份，人倫的基本和立足點是孝敬父母；推己及人，善莫大焉。博愛為懷，廣濟天地蒼生，是我們應盡的義務和應有的情懷。天地人同心，前途無量；一若早晨初升的太陽，光芒萬丈，普照宇宙穹蒼，接受陽光照耀的人是有福的，因為父上帝必永與他們同在，直至恆遠恆久。

愛至深，必引起恨至切；因此，不必刻意地去愛去恨；愛恨亦應適時適度持中而行；吾取淡泊隨意、因緣任運而行之。

世界上一切事物間均存在著矛盾，他們既對立又統一，對立統一的雙方構成一個整體，運化無窮，一如太極圖仿佛；只不過我們這裡所說的太極圖應從原有的二維空間升至三維立體空間而已。

第七卷《齊心集》— 心靈反思

2015-1-13

以造化為師，與自然作友。未可自大，「三人行，必有我師焉。」孔子之言，中含確理，貴在篤行耳。

一個人做工作、幹事業、成大事，均須有責權利三者的統一；須明確義務責任，合理使用自己的權利，努力為眾生造福，然後享受應得的利益，包括物質利益及精神享受；這是合理而正當的，是神所喜悅並樂於見到的，可謂之天下一切眾生喜聞樂見，合乎天人大道，是道的正常的運行方式及行動風格。

人心齊，泰山移，任何困難均無法阻擋我們前進的步伐，而中國人民恆是向著更高更遠更美好的方向，展翅飛翔，沐浴並享受著至高父上帝所賜給我們眾生的幸福吉祥美好樂康生活，壽至無疆。眾生當盡心盡力地謳唱至高父上帝的恩典，因為知恩必報的義人，是父上帝所喜悅見到的。

義利之辨，義為先，利在後，義為首；務須以義馭利，利服從於義；義是第一位的，利是第二位的；必須反覆強調這一點並貫徹實施篤行於我們的長期工作與社會生活的一切細節中。

第八卷《協同集》— 心靈暢翔

2015-1-14

人心必當整束，敬畏耶和華乃智慧之開始，絕不能讓傲慢的毒根生長出來，那樣做是非常危險的，將受到神的管教和懲罰，那時就要痛哭流淚了。敬畏神，是世界存在和發展的基礎及首要條件。

神愛世人，願盡全力滿足眾生的正當願望，但人心當止於所當止；貪乃罪惡之始芽，務須慎之慎之又慎之，絕不允許毒根生長出來，否則，必將受到神的責罰。

第九卷《共振集》——心靈悟語

2015-1-15

心往一處想，勁往一處使，是為齊心，相互協作，同心同德，才可共振。建立及建設父上帝所應許的大同世界人間天國才是我們所有天國子民的共同心聲及共同事業。父所應許的必不落空，我們當努力向前，肩負起各自應盡的責任和義務，也享受那從父賜下來的豐盛的恩典，並且那恩典是足夠我們所需所用的，甚至遠遠超過所想所求，美好得不可思議，簡謂之五福臨門，福祿壽喜財，自然而然地來到。

第十卷《飛翔集》——心靈笑語

2015-1-15

堅持實事求是的精神和原則，踏實去做，實幹加巧幹，無往而不利。

面對困難重重，人生亦應笑口常開；哭泣和悲傷均已成為過往，徒然地滯留夢中，有什麼意義和價值呢？人生的標的，在於永遠的奮進，即便回歸了天國，但天國也不是百分之百完美的，我們還要與上帝一起把天國建設得更好，不斷推向前進和進步，甚至產生質的飛躍，這一切均是可能的，且是必然會實現的。心之所致，如恣意地飛翔，時空之中任我遨遊，未有極限，憑著信心，加上實幹能幹與巧幹，人類的文明將開闢廣闊的前景，有著無限美好的明天和未來。

心靈的飛翔，是在具體時空中的飛翔；時間可以順著流動亦可逆著追溯，空間可以表現為眾多不同的多重維數；因此，人類的心靈之旅，其內涵是無限廣闊的，有著美妙非常的境界和開發空間，是一個開鑿不盡的寶藏之庫。

前進的路上，難免風風雨雨，要求我們意志堅定，看准方向，義無反顧，披荊斬棘，奮力前行。即便似乎臨近絕境，但因著神恩的保佑，終會柳暗花明，迎來一片光輝燦爛的前景和明天，最後的勝利是屬於英勇者的，百折不撓該是他們真實的寫照。

前進的路上，我們要堅持現實主義與浪漫主義的良好結合；面對現實，須採取現實主義的眼光和對策，去具體地克服一個又一個的困難與障礙；面對前途，須採取浪漫主義的精神和觀念，可以鼓舞士氣，充分發揮和發揚大家的主觀能動性。

相信上帝，相信陽光，相信明天，這樣我們心中就一片晴朗，臉上就會綻滿笑容，生活因而變得簡單和美好起來，這並非精神勝利法的託辭和手段，而是我們所應取和必取的正確的態度和方法，是應當大力提倡和應用的。

第十一卷《恆進集》——心靈曠旅

2015-1-17至2015-1-18

日進日進又日進，是謂恆進，大不易也，惟奮發者始可為。君子之心，請從發願奮進恆進始，並努力付諸實踐，假以時日，終必有成。大哉恆進，吾無言以嘉之。

夫惟不爭，天下莫能與之爭。進退自如，難能可貴。退是為了更好地進。

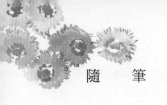

第十二卷《家國集》——心靈遐思

愛人如己和愛上帝是我們首先要做到的。敬愛和孝敬父母是人倫之本，一定要牢記在心，並努力付諸日常的實際行動中。推己及人，博愛為懷，家國一體。

2015-1-18

第十三卷《惠風集》——心靈慧思

積善以成德，譬若和風，煦拂人心，吾莫以喻其美與至上。神愛世人，道化自然，創生萬物，道之行是為德，德依善而成；是以，莫以小善而不為，莫以小惡而為之，是為天理人心之所在。

2015-1-20

第十四卷《心香集》——心靈徜徉

以人為本，博愛眾生，人是第一位的，因神本是按自己的形象造人。天下為懷，兼濟蒼生，自強不息，奮進無垠。進退之間的學問大矣哉，退一步是為了進三步，故進取是人生的主旋律。未可自恃，謙以立身，矢志

2015-1-20

向上，榮歸天邦。何所謂「心」，其學無涯，其廣無限，吾將上下以求索之。

第十五卷《光明集》——心靈之芳

2015-1-20

博愛的情懷，一如早晨的太陽，光芒萬丈；又如暗夜的燈火，溫暖人心。心靈中若有了陰影，將產生可怕的夢魘和幻境。惟追求仁慈、公義、真理、正見的人們，才是為人所信服的君子。美好的心靈是有馨芳的，一如山谷的幽蘭，淡香遠播；又似無月的星夜，星光閃爍，分外地迷人。

第十六卷《圓通集》——心靈覺知

2015-1-22

圓通是一種因圓滿而通達的情勢。絕對的圓滿不可得，一切的圓滿均是相對的圓滿；趨近於絕對圓滿的進程永遠在路上。人生及世界不可能沒有缺憾，這是必然的。即便百萬億年之後，文明依然存在不足和過失，儘管在今天我們已經很難想像和推測那時的美好程度了。

第十七卷《合眾集》—— 心靈達悟

眾心之合，以何為基準？曰「公平正義」而已。公則無私，平則不傾，正乃無邪，義獲方剛。人心如秤，衡量一切。天體道義，運化萬物，造福蒼生，直至永恆。

2015-1-22

第十八卷《無機集》—— 心靈吐語

治心之道，無機而已，當從源頭上抓起。一不可貪財，二須保持謙恭溫和的心，中正為道，運之以恆心，日久機心漸滅，圓光朗照，通達無礙，自行解脫一切困障貧厄，康樂富足無垠矣。

2015-1-22

第十九卷《溫厚集》—— 心靈奉表

人心固當溫厚；彼溫者，和之至也；彼厚者，重之極也。待人以誠，謀事以公，約己須嚴，克薄須除。推己及人，愛人如己，家國一體，吾渾然化之，運道而已。

2015-1-22

第二十卷《淳華集》——心靈裁思

人心當戒淳華，歸於樸實，止於至善。道心惟微，運化無跡，彌布天地萬物及人生，測之以時以度，未可窮盡也。正直為心，不可稍忘，廣布福田，惟從發願起始；善因為首，莫可尚之；生生不息，是謂之道。

2015-1-22

第二十一卷《心帆集》——心靈聖旅

心帆之舉，務為聖潔之旅；心帆之揚，遠遊宇宙遐方，莫可測度其邊限。然人心當止於所當止，未可窮奢極欲也。制欲以時以度，譬若飲酒，絕不可過量，否則後患無窮，為害極大也。修道於日常生活中，所謂「百姓日用是為道」，言之不誣也；持之以恆，奮進無垠，其功其效未可限制也。

2015-1-22

第二十二卷《怡暢集》——心靈廣角

怡暢是一種心態，怡暢是一種心結的解開，怡暢是一種生活的態度，怡暢是一種自利利他的情懷。人生，必須而且必然從苦難中解脫，展翅自由飛翔在廣宇藍天之上，享受無限光明而煦和溫暖的陽光。生命是一種旅程，惟聖潔的心靈才能領略其中的大美。感謝豐沛的神恩，賜給我們無限的豐富和康樂，甚至賜給我們永生。我們不可白白地領受神恩，當盡力地歌頌神、讚美神，這是我們所應盡的義務和責任。

第二十三卷《和澹集》——心靈馨芬

2015-1-23

人當持有謙和淡雅的情懷，千萬不可為名利所陷。世事如雲，因果流轉，春秋飛遞，身心為大。心當持正，未可曲邪；心當陽光，未可陰暗；心當靈動，未可執滯；心當飛揚，未可逐流；心當悟解，未可蒙蔽；心當浩瀚，未可鄙陋；心當圓通，未可偏執；心當方正，未可奇形；一言以蔽之，曰「心無邪」，可矣。

第二十四卷《清衵集》——心靈體悟

2015-1-23

心體既清，眼目則爽亮；心不含毒，出語乃芳馨。君子懷德，恆修以求日進並日新；人生漫漫，陰晴圓缺，共世推移，隨緣而應。持心中正，貞固雅潔；有不變者，是為道體；有變易者，是為運化。德務求完備，而絕對之美滿與完備不可得，乃求其次，日久，漸趨於圓明通達之境。機心不可有，心台須常掃。人生如夢，一切俱是幻變，剎剎成相，未可為相所執。心恆向上，靈歸何處？曰天國而已。婆娑塵世，不是我們最終的家和樂園，神所創的天國世界才是我們真正的永恆之鄉和歡樂之邦。眾生其當醒來，打開心門與心竅，努力與神和好並與神同心，神必賜給我們豐盛的恩典，超過我們所想所求。

2015-1-23

第二十五卷《餐霞集》——心靈愉思

人生未可放蕩，常以收斂靜定為要。心思之動，可以暢揚，飛翔於九天之外，餐霞耕雲可也。餐霞是一種灑脫的生命態度和生活哲學，淡泊一如雅致的水墨丹青，體現著東方思想的哲理和神韻，遠遠超脫於名韁利鎖之外，清展著文人學士質樸之子的人生品味，蘊含了極大的生命智慧和生命光彩，無論如何評價均不為過。但餐霞不是躲避，不是退讓，是悟徹後的圓融之慧光閃射，是調節身心的無上良藥，是待時而動待機而舉的一種淡定，是人生的一種高級的生存方式與生活模式，充溢著浪漫優雅的文化情調和氛圍。

第二十六卷《有為集》——心靈省悟

2015-1-23

有為是與無為相對的一種狀態，有為絕不是盲目蠻幹，有為是時機和條件成熟後的一種選擇性行為。無為是人生的一種高級狀態，但無為絕不是不為，絕不是無所事事地混日子，無為是明知其不可為而採取的一種明智的策略，無為是故作糊塗下的大聰明大智慧。但一味的無為也不行，不能一直地不作為，在條件成熟或接近成熟的時候，是應該而且必須有所為的。改造客觀世界和主觀世界，是人生的兩大任務，當然這麼做必須遵循客觀規律，我們稱之曰天人大道。人生必須奮發有為，努力把我們這個世界上的事情辦好，活出輝煌而燦爛的人生，但有為與無為之間的關係必須細心地把握，這是極其重要的課題。

第二十七卷《正大集》——心靈奮語

2015-1-23

正大是與光明相聯繫的概念。心若光明了，自然就沒有陰影，就顯得剛正博大了。人生當努力追求光明正大的心身狀態，這是可以而且必須去做且能達到的。正大則不渺小，正大則不卑弱，正大則有力量，正大才能立得住和向前進。內心的靈性之光是要領，慧光映射於外，體現出正大的外象和外相。我們當努力驅除內心的黑暗，讓真理的陽光充溢心田。天父就是陽光，就是真理，就是道，就是無限廣博的至愛。愛上帝，就是愛光明，就會獲得心體及外相的正大，任何時候我們均不可忘記這一點。

第二十八卷《宇天集》——心靈飛語

2015-1-23

宇宙是無窮無盡的，我們常以三千大千世界來形容之。心靈一若宇宙，心靈的放飛可達至任何意想不到的境地。未可自我禁錮，思想和心靈的解放是第一位的，是人之所以為人的第一要素。儘管心靈不可避免地要受到歷史和時代的限制，但前途是光明的，我們當向神敞開心靈，讓真理聖靈和陽光進入其中作我們心靈的主宰。摯愛上帝的人是有福的，因為父上帝必與他們同在，直至永遠。天國是我們永恆的家園，我們當努力回歸，領受父神為我們所預備的無限豐盛的恩典和榮耀，願世界普受神的恩典的加持，讓我們的生命活出光彩，活出味道，活出人的真正的樣子，成為神所鍾愛的兒女；衷心地感謝豐沛的神恩，直至永遠永遠永遠。

國家圖書館出版品預行編目資料

芳晴集 / 汪洪生作. -- 初版. -- 臺北市：博客思,
2015.10
面；　公分. -- (當代詩大系；11)
ISBN 978-986-5789-74-9(平裝)

848.6　　　　　　　　104017469

當代詩大系11

芳晴集

作　　者：汪洪生
執行編輯：高雅婷
美術設計：沈彥伶
封面設計：塗宇樵
出 版 者：博客思出版事業網
發　　行：博客思出版事業網
地　　址：台北市中正區重慶南路1段121號8樓之14
電　　話：(02)2331-1675或(02)2331-1691
傳　　真：(02)2382-6225
E—MAIL：books5w@gmail.com或books5w@yahoo.com.tw
網路書店：http://www.bookstv.com.tw 、華文網路書店、三民書局
http://store.pchome.com.tw/yesbooks/
總 經 銷：成信文化事業股份有限公司
劃撥戶名：蘭臺出版社 帳號：18995335
網路書店：博客來網路書店 http://www.books.com.tw
香港代理：香港聯合零售有限公司
地　　址：香港新界大蒲汀麗路36號中華商務印刷大樓
C&C Building, 36,Ting, Lai, Road, Tai,Po, New,Territories
電　　話：(852)2150-2100　傳真：(852)2356-0735
總 經 銷：廈門外圖集團有限公司
地　　址：廈門市湖裡區悅華路8號4樓
電　　話：86-592-2230177　傳 真：86-592-5365089
出版日期：2015年10月 初版
定　　價：新臺幣280元整（平裝）
ISBN：978-986-5789-74-9